나는 오늘도 괜찮다

나는 오늘도 괜찮다

이진숙 수필집

수필과비평사

세상은 여전히 빠르게 흐르지만, 저는 그 속도를 끝내 따라잡지 못한 채 조금 느리게 걸어가는 사람입니다. 가끔은 남보다 뒤처진 것 같아서 마음이 불안하지만, 그럴 때면 나에게 '괜찮아'라고 위로를 건넵니다. 내가 걷는 길 위에도 언젠가는 햇살이 머물 것을 믿으니까요. 삶이란 어쩌면 완벽함을 향해 달리는 일이 아니라, 넘어지고 일어서며 다시 미소를 배워 가는 일인지도 모릅니다.

이 수필집에는 나의 삶과 가족, 그리고 일상에 스며든 소소하지만 빛나는 순간들이 담겨 있습니다. 어머니는 제 문학의 첫 스승이셨습니다. 길고 굴곡 많은 세월 속에서도 꺾이지 않고, 기댈 곳조차 없이 맨발로 걸어오신 분. 그 인내와 사랑, 말없이 피워 낸 삶의 빛이 제가 글을 쓰게 하는 용기와 감성의 뿌리가 되었습니다. 아버지의 다정한 위로, 형제자매와 일가친척의 관심, 친구들의 따뜻한 손길, 묵묵히 곁을 지켜 준 곁님, 그리고 '할 수 있다'고 끝없이 등을 밀어준 아이들과 문우님들의 애정이 제 삶의 사계절을 이루어 주었습니다.

이 수필집은 그분들에게 바치는 작은 인사입니다. 살구꽃이 흐드러지게 피어오르던 봄날, 우리 곁을 떠나신 어머니를 부르는 소리의 집합체이기도 하며, 어머니의 빈자리를 밝히러 온 햇살이를 향한 환영의 함성이기도 합니다. 사소하지만 반짝이던 순간들을 잊지 않기 위해, 그 안에 머물던 사랑이 흩어지지 않도록 천천히, 정성스레 담았습니다. 이 책이 누군가의 하루에도 가만히 내려앉아 조용히 말을 건네 줄 수 있기를 바랍니다.

"괜찮아요?"

2025년 12월

이진숙

2부
하도 좋아

3부

귀한 사람

4부
여전히 사랑스러운

1부
여전히 꽃이 피네

그날, 이 가을

- 큰오빠의 빈자리 -

홍시를 좋아했던 엄마!

엄마의 입맛을 닮은 막내딸은 최명희문학관 뒤뜰 수시(水枾) 감나무 아래에서 달콤한 홍시 내음을 맡으며 엄마를 불러봅니다.

엄마! 엄마! 엄마!

그날처럼 올해도 가을 햇살을 고스란히 담아낸 홍시가 장독대 옆 감나무를 붉게 밝히고 있겠지요.

노란 벼 이삭의 충만한 춤사위도 가을바람을 타고 앞뜰을 흥겹게 물들이고, 봉황산을 하얗게 수놓던 구절초 향기도 가을을 배부르게 채우고 있을 거예요.

이렇게 그 가을은 다시 왔는데 엄마는 제자리를 찾지 못하고 어디를 헤매고 계실까요?

엄마의 기운 빠진 발소리가 시리게 가슴을 울리고 있습니다.

배우기를 좋아했던 엄마!

1929년 안동 권씨 부잣집 막내딸로 태어나 외할아버지의 사랑을 독차지했던 엄마.

공부 욕심이 강했던 엄마는 산 넘고 물 건너야 하는 외궁소학교를 다녔다지요.

장마철이면 외할아버지 등에 업혀 물을 건너야 했고, 재 너머까지 배웅과 마중을 받으면서도 학교를 포기하지 않았다고 했습니다.

열여섯 살, 소학교를 졸업하던 해에 해방이 되었으나, 어떻게든 도회지로 나가 공부하려던 꿈이 좌절되어 골방에서 몇 날 며칠을 울었다지요.

그래서 당신 자식들만큼은 마음껏 공부할 수 있도록 지원하리라 다짐했다고 했어요.

늘 긍정적인 엄마!

전주에 전매청 다니는 청년이 있으니 그리로 시집가라는 외할아버지 말씀 따라 군말 없이 시집왔다는 엄마.

스무 살에 꽃가마 타고 말공구리재를 넘어 시집온 날부터 인생이 역전되었다고 했어요.

전주에 살 줄 알았던 엄마는 곧바로 두메산골 진안에 있는 시댁으로 들어와 살게 됐다지요. 집안의 장손 며느리로 감히 분가를 꿈꿨던 것이 오히려 죄이던 시절이니 포기도 빨랐다고 했습니다.

늘 긍정적이고 적극적이었던 엄마는 예상치 못한 결혼 생활이었지만, 불평 없이 받아들이셨지요. 시부모님과 시동생들 모시며 생계 전선에도 뛰어들어야 했지요. 그때 어떤 마음이었을까요.

아리잠직한 모습으로 수를 놓거나 뜨개를 하며 거친 일은 한 번도 하지 않던 엄마는 시댁으로 들어오자마자 삼을 삼아 베를 짜고 돼지나 염소까지도 키워야 했지요.

봉황산과 알미산, 단지골 골짝까지 땔나무를 하러 가고, 봄이면 고사리 끊어 내다 팔고, 여름 내내 누에 키워 주렁주렁 매달린 팔 남매 자식들 등록금 준비하느라 새벽달 보는 것이 일상이 되어 버렸다는 엄마.

청실홍실 수놓던 그 고운 손이 월랑 이씨 가난한 집 맏며느리로 시집와서 우둘투둘 갈라진 논바닥처럼 얼고 터지기를 몇 번이나 했을까요?

멋을 요리할 줄 아는 낭만 엄마!

바쁜 와중에도 칠월 칠석 여름밤이면 우리만의 의식이 있었지요.

대청마루에 앉아 견우와 직녀 이야기로 쏟아져 내리는 밤하늘의 별들을 가슴에 담아 주었고, 관촌장에 갔다가 늦게 돌아오는 날, 말공구리재에서 도깨비불을 보았다는 이야기는 멍석 위에 흥건한 더위를 물리치기에 충분했습니다.

빠뜨리지 않았던 것은 봉숭아 물들이기였지요.

언니들과 내 손톱 위에 백반을 넣어 짓찧은 봉숭아를 소담하게 올려서 포도 잎으로 감싼 후에 무명실로 칭칭 감아 주었지요.

아파서 빼내려 하면,

"첫눈이 올 때까지 뻘건 물이 손톱에 남아 있어야 첫사랑이 이루어진댜. 긍게 갑갑혀도 참어잉."

했던 낭만적인 엄마.

함박눈이 소복소복 담장 허리까지 차오르는 겨울날에는 대바늘로 우리 티나 바지, 양말까지도 짜 주었지요.

철의 여인이라 불리던 엄마!

여든넷의 아버지께서 세상을 떠날 때는

"먼저 좋은 데 가시우. 내 첫증손주 보면 안아 보고 따라가리다.”

하면서 담담히 눈을 감겨 주던 강한 엄마!

그날도 오늘처럼 가을바람에서 구절초 향기가 그윽했었지요.

위암 2기, 수술만 하면 다 나을 거라던 큰오빠가 간암으로 고생하다 우리 곁을 떠나던 날,

“큰애야, 큰애야, 이 에미가 먼저 가는 게 맞지. 왜 니가 앞서는 거냐. 그 멀고 먼 길을 어찌 가려고 니가 앞에 가. 에미가 먼저 가서 훗날 니가 올 때 그 길을 밝혀 주려 했더니만, 왜 에미 가슴에 이리 큰 못을 박느냐, 왜 그리 훌쩍 가버렸느냐!”

목놓아 우시던 엄마.

꿈에서조차 만나 볼 수 없다며 그리움에 눈이 짓무른 엄마.

지난 오빠의 기일에는 엄마께서 갑자기 안 보였지요.

“큰애야, 큰애야.”

소쩍새의 쉰 소리보다 더 애절하게 부르며 노루목고개를 넘어갔다는 이장님의 전갈을 받고서 우리는 뛰는 가슴 달래며 허겁지겁 달려갔습니다.

오빠가 묻혀 있는 단지골로 갔을 때 엄마의 가슴에 구절초가 한아름 안겨 있었지요.

행여 구절초 향기 따라 오빠의 넋이라도 오지 않을까 기대했겠지요.

아버지가 좋아하던 명탯국을 드실 때는 추억을 되새기며 이런저런 이야기를 해 주던 엄마께서 이제는 큰오빠가 좋아하던 것들은 모두 외면해 버립니다.

큰오빠가 즐겨 먹던 명태전이나 홍어회는 밥상에서 사라지고, 창호지 문에 장식하던 코스모스와 단풍잎, 꽃무늬 찰랑거리던 옷도, 꽃구경도 모두 덮어 놓았습니다.

큰오빠가 우리 곁을 떠난 후, 엄마는 홍시의 맛까지 잃어버렸습니다.

오늘도 하염없이 먼산바라기를 하실 엄마!

이제 엄마에게도 다시 풍성한 가을이 돌아왔으면 좋겠어요.

장손인 오빠의 빈자리를 다 채울 수는 없겠지만, 엄마를 닮아 봉숭아 물들이기를 좋아하고, 코스모스 꽃잎을 따다 편지 쓰기 좋아했던 막내가 엄마의 가을을 다시 물들이고 싶답니다.

우리는 늙어가는 것이 아니라 익어간다는 유행가 가사처럼 여든일곱의 꽃송이를 함께 만들기로 해요.

엄마의 애통함과 그리움도 이제는 곱게 익어갔으면 좋겠어요.

엄마의 그리움을 담은 가을바람도 오빠가 머무는 하늘에 가 닿아서 엄마의 꿈속에 오빠를 초대할 것 같습니다.

이곳 꽃심을 지닌 전주, 오빠의 학창 시절 추억들을 안고 사는 전주에서 오빠의 건강한 시절의 향연을 담아 보냅니다.

(2015년 가을)

아흔의 여자

- 좀 더 예쁘냐? -

   드디어 봄이다. 섬진강물이 하루에도 세 번 바뀐다는 계절이다. 이때쯤이면 혜숙 언니는 섬진강을 수시로 들락거린다. 강물이 풀렸나, 매화가 벙글었나, 벚꽃이 만발했나 안부를 물으러 달려가곤 한다. 언니의 발걸음 소리에 섬진강도 몸을 풀고 봄을 불러들였다.

   "이제 엄마를 모시고 가도 되겠어."라는 언니의 연락을 받고 우리는 엄마와 함께 꽃 구경을 가기로 했다.

   "꽃놀이하러 가는데 우리 엄마도 예쁘게 꽃단장하셔야지."

   큰언니가 장난스레 말을 건넸다. 엄마는

   "다 늙어 쭈그렁 망태 할미를 뭐하러 처발러. 그게 그거지."

   하면서도 얼굴을 내민다. 언니는 토닥토닥, 엄마의 고된 인생을 다독이듯 꾹꾹 눌러 바른다. 쭈글쭈글 바를 곳도 없이 작아진 입술에 큰 산 하나를 그린다. 거울 속 엄마 얼굴에 낙낙한 웃음 한 바가지가 걸렸다. 아흔의 여자, 그 얼굴에도 여전히 봄빛이 피어난다.

농사일에 파묻혀 얼굴을 가꾸지 않던 엄마가 달라진 것은, 캘리포니아의 한나 언니와 하와이에 있는 미숙 언니의 초대로 미국 여행을 다녀온 뒤였다.

"미국 여자들은 늙으나 젊으나 입술을 뻘겋게 칠하고 다니더라."

하더니, 외출할 때면 어김없이 빨간 립스틱을 바르고 하얀 분을 두드리며 묻곤 한다.

"좀 더 이쁘냐?"

두 언니가 엄마에게 선물한 것은 캘리포니아의 번화함과 하와이의 화사함뿐만이 아니었다. 메마른 가슴에 여유로운 낭만을 불어넣어 주었다.

"엄마, 아버지 처음 봤을 때 어땠어? 꽃다발을 받아본 적은 있었어?"

"그때는 꽃이 지금처럼 흔했간디. 꽃은커녕 얼굴이 새까맣게 탄 느그 아부지가 무서워서 말도 못 붙였지."

엄마는 깊은 한숨을 내쉬더니 잠시 눈을 감는다.

"근디 지금 생각헝게 꽃 같은 날도 있었네. 아마 느그 아부지가 면장 일을 퇴직하고 무료하게 보내고 있을 때였을 거여. 하지도 못하는 소 꼴을 베러 갔다가 소 꼴은 알량하고, 대신 칡꽃 한 묶음을 꼴망태에 달랑달랑 매달고 와서는 정지 문고리에 걸어놓더라고. 참, 별일이지."

그 말을 들으며 나는 소 여물통 앞에 멋쩍게 앉아 있었을 아버지를 떠올린다. 낭만을 품고도 마음껏 풀어내지 못한 채 살아야 했던 엄마와 아버지의 시대가 안쓰럽게 다가온다. 나는 흔들리는 엄마를 가만히 안아 본다.

엄마가 멀미를 하지 않도록 끊임없이 말을 하다 보니 금세 쌍계사 입구다. 벚꽃은 터널을 이루고 이따금 불어오는 바람에 눈꽃이 되어 흩날린다.

"눈이 훠언허다잉. 속이 다 시원허네."

엄마는 감탄사를 연발하며 벚꽃을 본다. 흥얼흥얼 콧노래도 멈추지 않는다. 돌아오는 차 안에서, 스카프를 펼쳐 벚꽃을 받는 엄마의 손톱을 바라본다. 그 손톱 위에 빨간 봉숭아 물을 들이고 싶다.

"엄마, 나 초등학교 다닐 때, 여름날 멍석에 누워 있으면, 엄마가 봉숭아 꽃잎으로 손톱에 물들여 줬잖아. 백반이랑 숯도 빻아 올리고 포도잎으로 싸서 무명실로 동여매 준 것 기억나?"

엄마가 눈을 감고 잠시 조용하다. 스카프로 받았던 꽃잎이 바닥으로 떨어진다.

"왜 아무 말씀도 안 하셔?"

"아이고, 휘발유가 다 떨어졌어. 당최 기운이 없네."

우리는 한바탕 웃었다. 기억은 사라지는데, 유머는 여전히 살아 있어 감사할 일이다.

"우리 혜숙이가 끓여준 다슬기국이 최곤디."

엄마의 말에 서둘러 돌아온 우리는 주방으로 들어갔다. 다슬기를 여러 번 문질러 씻어 물기를 빼고, 된장을 한 숟갈 풀어 물을 끓인다. 호박과 마늘은 얇게 채를 치고, 청양고추는 통째로 넣었다 건진다. 부르르 끓는 물에 혀를 내민 다슬기를 넣고 자갈자갈 끓인다. 다슬기를 건져내고 호박과 마늘, 파를 넣는다. 다슬기는 식혔다가 속살을 뱅글뱅글 돌려가며 빼낸다. 옥빛처럼 반짝이는 다슬기 속살을 국물에 넣고 한 양푼 떠서 드렸다.

엄마는 "맛나다, 하도 맛나." 말하며 후루룩 국물부터 마신다.

"엄마, 나 어릴 때 다슬기 먹으려면 탱자나무 가시를 꺾어오라고 했잖아."

"그랬냐? 몰라."

"엄마가 한두 번 시킨 것도 아니면서."

그렇게 총명하던 엄마가 요즘에는 모르는 게 많다. 교회 가는 날도 가물거려 전화를 걸 때마다 "오늘 예배당 가는 날이냐?" 묻곤 한다.

엄마가 태어난 지 삼만 이천팔백칠십이 일. 그 머리카락 사이로 칠십팔만 팔천구백이십팔 시간이 흘렀다. 이제 기억하는 것보다 잊는 것이 더 많은 망각의 터널 속에 들어선 것이다. 새로 산 옷을 잘 둔다고 깊숙이 두고서 종일 농을 뒤지며 누가 가져갔나 하고, 막둥이에게 준 학독(돌확)을 딸들이 가져갔다고 의심한다. 용돈을 받아 어디에 두었는지 잊고 이 아들 저 딸을 불러 세운다. 결국 당신의 쌈지 속에서 찾고는 "늙으면 죽어야 혀." 쓸쓸히 되뇐다. 이십오 리 길 관촌장을 걸어 다니던 발걸음이 이젠 지척의 화장실 가기도 버겁다. 철인 권 여사도 세월 앞에선 속수무책이다.

그래도 아흔의 여자, 그 미소만은 아직 봄날처럼 따뜻하다.

(2018년 봄)

처방전
− 엄마와 막둥이의 대화 −

"막둥아, 기운이 당최 없네. 닝게루나 하나 맞아야겄다."

"엄마, 전주 큰 병원에 가서 검사하게요."

"아녀. 내가 알어. 내가 태어난 칠월만 되면 해마다 아프잖어. 닝게루 한 대면 충분혀."

"에구, 못 살아. 시방 엄마가 의사여?"

"하면. 장마가 너무 길었잖어. 햇빛을 못 봐서 그려. 귀가 얼얼하게 빗소리만 잔뜩 쟁여놨으니. 온몸이 끕끕햐. 맥혔어."

"그러니까 맥힌 것 뚫으러 병원 가자니까요."

"해만 뜨믄 풀릴 거여. 병은 적이 아니라 친구여. 살살 달래야 혀."

"엄마가 그 연세에 달랠 수가 있간디. 의사가 헐 일이지."

"의사들은 병만 더 들춰내잖여. 늙으면 병과 붙어사는 거여. 미워하지 말고 친구 삼아야 오래간다잉."

엄마는 자기 몸의 의사다.
막둥이의 말은 바람결에 흩어지고, 아흔 해 고집은 인생의 노래가 된다.
병은 싸워야 할 적이 아니라 함께 머무는 벗이며,
나이 듦은 견뎌야 할 짐이 아니라 잠시 머무는 쉼이다.
햇살처럼 받아들이고 빗물처럼 흘려보낼 때,
삶은 고통이 아닌 오래 숙성된 시가 된다.

(2018년 여름)

한 걸음
− 엄마에게 가는 길 −

토오옥, 토오옥.

봉황산 밑에서 깨 터는 소리가 희미하게 들린다. 저기 엄마가
계시는구나, 비틀거리는 발걸음이 더욱 바빠진다. 예전 같으면
한걸음에 갔을 텐데…. 뇌경색으로 퇴원한 지 일주일. 아직은
마음을 안 따라주는 몸이다. 부르르, 부르르, 입술 운동을 하고
혀를 잘근잘근 씹어 본다. 다시 천천히 힘을 모아 한 걸음, 한
걸음. 엄마 숨결을 향해 발을 옮긴다.

바람의 무게가 느껴진다.

한 걸음.

탱자나무 울타리를 지난다. 샛노랗게 달린 열매에서 향긋한
향이 흘러나온다. 향의 소리도 가을 하늘만큼 상큼하고 신선하

다. 어릴 때의 추억이 슬그머니 기지개를 켠다. 날카로운 가시를 피해서 잘 익은 탱자 하나를 딴다. 입에 넣는다. 눈이 찡긋해질 만큼 새콤한 맛이다. 동글동글 씨앗들이 한입 가득 남는다. 후루루 퉤, 입안이 알싸하다. 코끝까지 개운해진다.

엄마는 그것을 뒷마루에 말려 두었다가 우리가 고뿔이라도 걸릴 양이면 화롯불에 약탕기를 올려놓고 내내 달였다. 그런 날은 달빛조차 환했다.

하늘을 올려다본다.

다시 한 걸음.

발이 돌에 걸려 삐끗했다. 작은 돌멩이에도 이제는 균형을 잃는다. 발밑을 조심하며 걸음을 옮기는데 질경이가 밟힌다. 엄마는 이것을 소달구지 밑에서도 살아남는 배짱 좋은 녀석이라고 했다. 길가에 흔한 풀로, 산에서 길을 잃으면 질경이를 따라가라고도 말씀했다. 나에게 질경이는 고소한 냄새로 남아 있다. 엄마는 그것을 끓는 물에 데쳐 간장 넣고 무치다가 참깨를 뿌리고 들기름을 넣어 무쳐 주었다. 지금도 그 고소함이 납작 엎드린 잎에 묻어 있다. 갈색이 되어 가는 씨앗들도 대글대글 영글어 있다. 무르익어 가는 것이다. 나도 이처럼 잘 익을 수 있을까? 오십 초반에 갑작스레 찾아온 뇌경색은 앞만 보고 달려온 나에게 쉼표를 허락하는 선물임을 확신한다. 이렇게 한 걸음에도 5초 이상 감상할 수 있는 여유를 누릴 수 있으니 말이다.

잠포록한 날씨다.

또 한 걸음.

한 해를 달려온 엄마, 그녀의 마지막 숙제인 배추밭을 지난다. 일렬로 길게 뻗은 밭이랑에 진녹색 배추가 예닐곱 겹의 속살을 채워 가고 있다. 김장철이 오면 노랗게 속이 찬 배추가 토방 가득 쌓이겠지. 배추를 네 조각으로 가르고, 그것을 소금에 절여 한밤을 재울 것이다. 이웃 아주머니들과 무채를 치며 세상 사는 지혜를 버무리는 재미로 힘든 줄도 모를 것이다. 참깨 볶는 향이 진동하고, 시원한 배와 사과, 생강과 마늘, 대파, 양파의 매콤함과 달큼함이 온 마당을 차지하겠지. 찹쌀풀을 쑤어 태양초 고춧가루와 섞은 후 설탕 대신 홍시를 넣고, 까나리 액젓과 새우젓, 온갖 양념거리를 한데 섞어 버무리면 양념 준비는 끝이다.

마당에 멍석을 깔고 삼삼오오 배추에 양념을 입히며 시집간 딸 이야기와 갓 태어난 손주 이야기로 꽃을 피우겠지. 부엌에선 보쌈 익는 냄새가 구수하고, 갓 버무린 배추김치를 손으로 죽죽 찢어 깨소금을 듬뿍 묻히고 고기 한 점을 싸 먹으면 겨울의 매운바람도, 시어머니의 독한 시집살이도 모두 고소한 추억으로 바뀔 것이다. 김이 모락모락 오르는 두부를 가운데 놓고 한 입 두 입 김치와 곁들여 먹는 재미도 뺄 수 없다.

또 한 걸음, 다시 한 걸음.

고구마를 캐내고 벌겋게 속살을 드러낸 황토가 보인다. 무더기무더기 된서리를 맞은 고구마 줄기들은 축축 늘어져 있다. 그 옆으로 노란 호박이 하나, 둘, 셋… 여덟 덩이나 달려 있다. 늙은 호박을 갈아서 부침개를 해 먹고, 호박죽을 쑤었던 그 날들이 파노라마처럼 스친다. 우리 팔 남매의 굶주린 배를 불리기 위한 엄마의 식사 준비에 메뉴로는 호박죽이 최고였다. 언니들과 나는 빙 둘러앉아 한나절 내내 달챙이 숟가락으로 껍질을 긁고 속을 파냈다. 백산을 만들 때 고명으로 쓸 호박씨는 깨끗이 씻어 채반에 말린다. 뭉텅뭉텅 토막 낸 호박을 큰 가마솥에 넣고 기다란 나무 주걱으로 저으면서 끓여 준다. 거기에 불린 찹쌀을 학독(돌확)에 갈아서 부어 준다. 불렸다가 삶은 붉은팥도 넣으면 궁합이 제격이다. 한참을 젓다 보면 몽글몽글 밝은 주황빛 죽이 된다. 어우렁더우렁 조화를 이루며 살던 '배부른 가난'이 해결되는 순간이다. 찹쌀 새알을 넣어 끓인 뜨끈한 호박죽을 생각하며 한 걸음에 힘을 모아 다시 발을 옮긴다.

툭, 툭, 툭.

엄마가 보인다.

토독, 토독, 토도독.

산 그림자가 짙게 내려와 누운 봉황산 자락에 깨 쏟아지는 소리가 들린다. 거무죽죽하게 마른 들깨 더미가 산처럼 쌓여 있다. 은행나무에 기댄 채 돌아앉아 깨를 터는 엄마의 뒷모습은 작고 쓸쓸하다. 머리카락을 감싼 하얀 수건에는 검불이 쉬고, 웅크린 등으로 고단한 가을바람이 끙끙거리며 지나간다. 내가 다가서는 것도 모른 채 긴 막대기로 깨를 터는 구순의 엄마. 십 년 전 먼저 떠난 남편의 빈자리, 그 허전함을 애써 털어낸다. 톡톡, 여기저기 흩어져 사는 자식들을 향한 그리움이 한 보따리 털어진다. 먼저 가버린 큰아들에 대한 애증이 또 한 보따리 쏟아진다.

진안 성수면 봉황산 자락 상수리나무도 노랗게 다홍으로 물들어 가는데, 돌아온다는 소식이 없는 이들을 부르는 소리다. 나는 아픈 모습을 들키지 않으려고 허리를 세우고 웃음으로 입꼬리를 올린다. 높은음으로 엄마를 불러본다.

"엄…, 마…, 엄마!"

소리는 울음을 먹고 잠긴다. 쪼그라든 엄마의 품으로 달려가고 싶지만, 발걸음이 옮겨지지 않는다. 엄마의 깨 터는 소리는 여전히 봉황산에서 놀고, 엄마의 지게에 근심 한 짐을 더 지울 나는 한숨처럼 발길을 돌린다.

내 소리를 더 키워서 와야지. 내 손에 힘이 실리면 저 깨를 같이 털어야지. 고단한 엄마의 걸음에 힘을 주는 막내가 되어야지. 무수히 떨어지는 저 근심덩어리가 웃음소리가 되기를 빌면서 하늘을 올려다본다.

들깨의 구수한 향이 한 걸음 앞서 걸어가고 있다.

(2018년 늦가을)

어느 봄날의 고백
- 엄마도 여자 -

섬진강 줄기 따라 벚꽃 마중을 나가는 길, 아흔한 살 엄마는 어깨를 흔들흔들 고조된 감정을 숨기지 못한다.

나의 살던 고향은 꽃 피는 사안골~
복숭아꽃 살구우꽃 아기 진다알래~

진안에서 한 시간 이십 분을 달려 구례에 도착했다. 온 동네가 초입부터 눈을 환하게 밝힌다. 쌍계사로 오르는 길은 벚꽃이 터널을 이루어 함성이 저절로 터진다. 졸던 엄마의 외씨 같은 눈도 크게 떠졌다. 열어젖힌 선루프를 통해 벚꽃 잎이 포르르 날아든다. 엄마는 목에 두른 진달래색 스카프를 풀어 무릎 위에 살포시 펼친다. 그 위로 하얀 천사가 내려앉듯 나풀나풀 벚꽃이 수를 놓는다. 하나, 둘, 셋.

사구라꽃이 피었어요. 나도 피어나요~
그땐 몰랐어요. 이제 알았어요~

박자는 맞지 않지만, 〈벚꽃 엔딩〉 노랫말을 바꿔 부른다. 그 노랫말이 시의 한 구절처럼 예뻐서 우리는 웃는다. 흥이 많은 그녀임을 새삼 느끼며 내 기억의 우물에서 엄마의 모습을 건져 올린다.

나는 한때 엄마의 삶을 억척스러운 구릿빛 인생이라 여겼다. 매일 샛별을 보고 나가 저녁달이 떠야 들어오는 엄마는 내게 일만 아는 촌스러운 아낙이었다. 사춘기 시절, 엄마는 내 첫 생리일도 모르고, 가슴이 봉긋해진 지 한참 지나도록 브래지어를 챙겨주지 않았다. 그런 엄마처럼 살기 싫었다. 도시 남자랑 결혼해서 나는 엄마처럼 딸을 키우지 않으리라 마음먹었다.

오로지 공부만이 이 두메산골을 빠져나가는 길이라 믿었다. 밭으로 불러내는 엄마를 피해 공부할 시간을 사수했고, 밥 먹을 때조차 숟가락 잎사귀에서 최대한 멀리 잡고 먹었다. 그렇게 해야 시집을 멀리 간다는 어른들의 말이 꼭 맞기를 바라며 손에 힘을 주는 날이 많았다.

그러던 어느 토요일, 일찍 수업이 끝났다. 4㎞를 걸어서 동네 어귀에 도착했을 때 장구 소리가 골목을 흥건히 적시고 있었다. 가까이 갈수록 전 부치는 냄새가 코를 벌름거리게 만들고 십 리를 함께 걸어온 친구들은 엄마의 당기는 손짓에 따라 당당하게 들어갔다. '우리 엄마는 일하러 가서 잔칫집에는 없겠지!' 발길을 돌리는데,

"야야, 왜 그냥 가노. 여그서 밥 묵고 가."

작은엄마가 불러 세운다. 노란 양푼에 한가득 말아준 국수를 먹고서야 마당 한가운데서 흥건하게 물이 오른 춤꾼들이 보였다. 꽹과리를 치는 혜경이 엄마, 장구를 맨 옆집 아저씨, 웃음이 넉넉한 얼굴들. 그들 사이에서 너울너울 춤을 추는 여인을 보고, 나는 그만 눈이 휘둥그레졌다. '엄마?' 엄마였다. 엄마도 춤을 출 수 있구나. 저렇게 분위기가 있고 끼도 넘치는 여자구나. 넋을 놓고 바라보았다. 거기에는 일에 찌든 아줌마는 없고 흥이 많고 즐길 줄 아는 여인만 있었다. 엄마는 그날 누구보다 아름다웠다. 화사한 핑크빛 인생이었다.

다시 한번 엄마의 낯선 모습에 놀란 날이 있다. 중학생 시절, 도시락을 두 개씩 준비해서 야간 자율학습까지 할 때다. 우리는 점심시간이 되기도 전에 도시락 하나는 다 먹어서 저녁밥은 못 먹을 때가 많았다. 여기저기 꼬르륵거리는 소리가 요란할 즈음 엄마들이 간식거리를 준비해 오곤 했다.

내가 당번일 때는 걱정을 했다. 늘 바쁜 엄마가 기억이나 할까? 그러나 "저기 네 엄마 오셨다." 하는 소리에 뛰어가 보니, 옥색 한복을 곱게 입은 엄마가 교무실 앞을 서성이고 있었다. 머리에 이고 온 그릇에는 아직도 따뜻하고 낭창낭창한 가래떡이 한가득 있었다. 정갈하게 빗은 머리, 다홍빛 연지로 물들여 있는 입술에 살포시 미소를 머금은 엄마는, 그 누구의 엄마보다 곱고 정갈했으며 우아했다.

사춘기, 엄마에 대한 반항은 그날로 끝이었다. 그냥 엄마 편이 되기로 했다.

지금 엄마는 팔 남매를 키워낸 굽은 등을 펴고 다시 소녀가 된다. 고향 '포동'을 말할 때면 꽃처럼 피어난다. 포동의 부잣집 막내딸로 태어났던 그 시절은 온전히 자신을 위해 살던 시절이었다고 추억에 잠기곤 한다. 엄마의 애창곡 〈고향의 봄〉을 흥얼거리는 엄마의 삶은 서글프나 위대한 노래였다.

  나의 살던 고향은 꽃 피는 사안골~
  복숭아꽃, 살구꽃, 아기 진달래~

"아직도 피네잉~."

봄바람이 다시 불고, 스카프 위에 꽃잎이 또 한 송이 내려앉는다. 나는 오늘도 피어나는 엄마를 본다. 이 찰나의 순간이 얼마나 귀하고 소중한지 안다. 이 벚꽃 잎보다 가볍게 흩어질지도 모를 엄마의 시간 속에서 지금이 얼마나 찬란한 순간인지. 꽃잎은 곧 지지만, 그 위에 내려앉은 엄마와의 시간은 오래도록 향기로울 것이다.

(2019년 봄)

참 고마운 날들
– 엄마의 병상 일기, 고관절 수술 후 –

엄마의 투병이 보름을 넘기고 있다. 카랑카랑하던 목소리가 점점 시들어 간다. 돌아서면 잊어버리던 지난날들과 달리, 이제는 돌아서기도 전에 현실과 망상이 뒤섞여 버린다. 고관절 수술 후 섬망 증상이 심해졌다.

엄마는 젊은 날로 돌아가서 이웃과 친척들을 만나고, 깨를 심고, 고추밭을 매고, 콩을 터느라 밤새 잠을 못 이룬다. 이미 세상을 떠난 사람들을 하나둘 불러내며 말한다. "정목이 엄마, 내 손 좀 잡아줘."라며 허우적거린다. 간병인을 보고는 "왜 이렇게 오랜만이야. 해경이 엄마랑 노니 재미있네."라고 한다. 그 순간, 나는 엄마의 시간 속으로 조용히 걸어 들어간다.

"요렇게 시퍼런 물을 건넜어. 긍게 그게 요단강이여. 거기를 건너갔어. 아름다운 새집들이 쭈우욱 나래비를 섰어. 문을 두드리며 아버지를 찾아 댕겼지. 한참을 헤매다가 다섯 번째 집에서 아버지를 만났어. 깜짝 놀라서 잠에서 깼네. 아마도 내가 죽을랑가벼."

엄마는 지금 꿈과 현실의 경계를 자유롭게 넘나든다. 침대 아래 다슬기가 있다며 까먹자, 하고, "집에 가자, 집에 가자." 하는 말을 몇 번이고 되뇐다. 따뜻한 돌침대에서 자고 싶다고, 그곳이 편하다고, 가랑잎 같은 목소리로 말한다.

나는 그저 곁에 앉아 말없이 손만 잡을 뿐이다. 엄마는 기분 좋을 때, 슬프고 외로울 때, 즐겨 부르던 〈고향의 봄〉도 잊었다. 나는 아무것도 대신할 수 없다. 집으로 모시고 갈 수도, 좋아하는 홍시를 드릴 수도 없다. 다슬기국을 끓여왔지만, 드릴 수가 없다. 설사를 사흘째 하고 있어서 병원에서 만든 영양죽만 허락된단다. 배를 문지르며 "엄마 손은 약손." 하던 엄마의 가락을 따라 이번에는 내가 "딸 손은 약손." 하며 문지른다. 엄마는 아기처럼 헤헤 웃는다. 잠시 좋아졌다가, 이내 배가 아프다고 인상을 찌푸린다. 눈을 감고 기운이 없는지 한쪽으로 기울어진다.

"무엇이든 잘 드시고 소화할 수 있어야 다시 걸을 수 있을 텐데."

이 말이 입안에서 몇 번이고 맴돌다가 결국 삼켜진다.

병실을 나서면, 우리는 일상으로 돌아와 밥을 먹고, 일을 하고, 잠을 잔다. 지인들과 웃고 떠들며 만찬을 즐기기도 한다. 그러나 웃음소리마다 서걱서걱, 죄스러움이 걸려 있다. 엄마가 병상에서 보내는 그 시간만큼, 우리의 일상은 조금씩 빚져 간다.

어쩌면, 엄마의 사랑이란 평생 갚지 못할 채무 같은 것인지도 모른다. 그 빚을 조금이라도 덜기 위해 오늘도 나는 병원으로 향한다. 엄마의 손을 잡으며, 아직 따스해서 고마운 체온을 다독인다. 그 온기 속에서, 오늘도 나는 참 고마운 날을 산다.

(2024년 봄)

엄마, 당신의 꽃
− 엄마의 병상 일기, 장경색 수술 후 −

엄마는 연세에 비해 식성이 좋았다. 소화력만큼은 자랑할 만했다. 다슬기국은 언제 드셔도 후루룩 소리를 내며 한 그릇 뚝딱 비웠다. 비 오는 날이면 풋고추와 부추, 깻잎을 송송 썰어 부치거나 애호박을 둥글게 썰어 부쳐드리면 "이게 최고여." 하며 두세 장씩 먹었다.

그런데 올여름이 너무 더웠을까. 여름 끝자락에 병을 얻었다. 소화가 안 되어 힘들어하던 엄마는 다시 병원으로 향했다. 첫날만 해도 금세 나아 집으로 돌아올 줄 알았다. 하지만 하룻밤 만에 기운이 뚝 떨어졌다.

"이제 갈 때가 된 것 같아. 집으로 가자. 넓은 데서 편히 쉬다 가고 싶어. 갑갑한 병원에서는 하루도 못 있겠어."

집에 가자고 어린아이처럼 고집을 부렸다.

"집에 가서 시원한 식혜를 마시고 싶어."

안방의 돌침대에 누워 활짝 열린 마당이나 능소화가 피어오르는 하늘을 보고 싶다고 했다.

그러나 복통은 더욱 심해졌고, 이윽고 '장경색'이라는 진단이 내려졌다. 놀란 마음을 추스르기도 전에 수술실로 들어가야 했다. 아흔여섯의 나이에 큰 수술이라니. 담당의는 "수술하지 않으면 고통스럽게 돌아가신다."라고 했다. 우리는 망설였으나, 결국 수술을 선택했다.

십이지장을 포함해 소장은 50㎝만 남기고, 대장도 일부를 잘라냈다. 패혈증과 폐렴, 단장증후군이 올 수도 있다는 설명을 들으며 마음은 바닥까지 내려앉았다.

그날 우리는 점심도, 저녁도 잊은 채 엄마 곁을 지켰다. 밤 열시, 수술이 무사히 끝났다는 소식을 듣고서야 겨우 밥집을 찾았다. 대학병원 맞은편에 있는 식당, '일등병 부대찌개'로 들어선 순간 17년 전 기억이 스쳤다.

아버지가 폐렴으로 입원했을 때, 엄마는 우리 팔 남매를 이곳으로 보냈다.

"밥 먹고 와. 자식이 배곯으면 부모 마음이 더 허전혀."

그렇게 자식 걱정하던 엄마가 이제는 병원에 갇혀 우리의 걱정을 사고 있다. '내가 짐이 되는 건 아닌가.' 하며 신음조차 참는 듯했다.

그날 밤 귀뚜라미 소리는 유난히 처량했다. 사경을 헤매던 중환자실에서 겨우 회복되어 일반 병실로 옮긴 엄마는 눈도, 입도 닫았다. 전혀 드시지도 않고 말씀도 없다. 이유를 짐작할 수 있었지만, 엄마의 고집을 꺾을 수가 없었다. 감은 눈가에 서글픈 엄마의 결의가 보였다.

노래를 즐겨 부르던 엄마니까 노래로 소통해야겠다고 생각했다. 가사를 쓰고 '수노(snuo)' 프로그램에 입력했더니 AI가 노래를 만들어 불러준다. 일주일 정도의 침묵을 깨준 것이 바로 이 노래다. 제목은 〈엄마, 당신의 꽃〉이다.

"엄마, 엄마만의 노래를 만들었어요." 하고 이어폰을 꽂고 들려줬다.

매화가 피면 알아요,
그대가 얼마나 추웠는지를.
섬진강을 따라 달려가던 길,
고목에 꽃이 피었어요.
나도 피어나요. 나도 피어나요.
노래하던 당신의 속삭임이 들려요.
그대와 함께 이 노래를 부를 수 있기를,
응답해 주오.

함께 피어나자던 엄마.

(랩)

인생은 막차를 타도 괜찮아.

속도가 아닌 방향이 중요해.

엄마는 늘 그렇게 말씀하셨지.

고목에 핀 꽃처럼, 늦게라도 피어나는 꽃이 되라고.

벼꽃이 피면 느껴요.

그대가 얼마나 거룩한 꽃인지.

들판에 벼꽃이 피었어요.

나도 피어나요. 나도 피어나요.

노래하던 당신의 속삭임이 들려요.

그대와 함께 이 노래를 부를 수 있기를,

응답해 주오.

함께 피어나자던 엄마.

(랩)

당신을 중환자실에 두고 우리는 밥을 먹었지.

뉴스를 보고, 잠도 자고, 꿈도 꾸었어.

믿어요.

고목에 핀 꽃처럼, 당신도 다시 피어날 거라고.

천상의 별 하나, 당신을 응원하러 내려오네요.

우리 엄마, 권 옥 순! 사랑해요. 우리 엄마, 권 옥 순!

'권옥순', 당신 이름이 들리자, 엄마는 눈을 번쩍 떴다. 그 뒤로 서서히 말씀도 하고, 조금씩 드시기도 했다. 그러나 금식의 이유를, 그 깊은 마음의 문을 우리는 끝내 확인하지 못했다. 어쩌면 그것이 엄마가 남긴 마지막 품격이고 가르침이었는지도 모른다.

아픈 침묵 속에서도 당신은 여전히, 우리 삶을 밝히는 꽃으로 남기를 원했다.

(2024년 가을)

꽃잎은 하염없이
– 천상을 향하여 –

그날, 구이면 광곡리 '햇살농장'에는 살구꽃이 흐드러지게 피어오르고 있었다. 봄볕을 온몸으로 끌어안은 듯, 꽃잎마다 윤이 났다. 어쩌면 그렇게도 여린 듯 단아하게 피어나는지, 눈부실 정도로 사랑스러웠다. 그 순간, 이 꽃을 엄마께 보여드리고 싶었다. 아니, 꼭 보여드려야겠다는 조급한 마음이 일었다. 한 가지를 꺾어서 곧장 병원으로 달려갔다.

"엄마, 농장에 살구꽃이 피었어요."

"…."

"엄청 예뻐요."

"…."

"어서 퇴원하셔서 꽃 보러 가야죠."

엄마는 내 말을 들은 걸까. 감았던 눈을 떠서 천천히 나를 향한다.

"엄마, 나 보여요?"

엄마의 눈에 눈물이 고인다. 마치 꽃잎에 이슬방울이 맺히듯, 조용히, 천천히.

엄마는 아흔여섯에 고관절 수술을 한 뒤 간신히 회복되던 즈음, 장경색 수술을 또 했다. 입원과 퇴원을 반복하며 차츰 기력을 잃어갔다.

"이젠 글렀어. 아직 준비가 안 되었는디."

삶을 포기하는 엄마에게 봄이 오면 꽃구경을 가자고, 엄마가 좋아하는 우리 농장에 가서 꽃도 보고 노래도 부르면서 봄을 맞이하자고 했다.

"긍게. 내 인생에 봄날도 있었는디. 이젠 느그들이 누리며 살어."

힘없이 웃으면서 손을 잡아주었다.

엄마는 꽃을 참 좋아했다. 햇볕 다사로운 날이면 꽃이 피었는지 보러 가자며 고추밭 매던 호미를 땅에 푹 꽂고, 앞치마를 툭툭 털고는 마을 어귀로 나서곤 했다. 꽃을 보면

"눈이 훠언허고. 멤이 몽글몽글허네."

하며 감탄을 연발했다. 매화, 벚꽃, 철쭉, 산수유, 목련, 살구꽃,

모란, 함박꽃, 족두리 등 철마다 피는 꽃들을 잊지 않고 이름을 불러 주었다. 함박꽃 앞에서는 "홍도야 우지 *마라 오빠가 있다 ~*"아버지의 십팔번이었던 노래를 흥얼거렸고, 살구꽃 아래에 서는 "*나의 살던 고향은 꽃 피는 산골~*"노래를 불렀다. 동행하는 이들을 덩달아 흥이 오르게 했다.

그 기억이 아직도 선명한데. 그 엄마가 지금, 천천히 천상을 향해 발걸음을 옮기고 있다. 마치 꽃잎이 제자리를 떠나는 것처럼, 너무도 고요하게. 그 걸음 위로 살구꽃이 봉오리를 터뜨리고 있다. 엄마가 그렇게도 좋아하던 그 꽃이, 이 순간에도 기운차게 피어나고 있다는 사실이 참 야속했다. 엄마를 위해 아무것도 할 수 없는 내가 무력하게 서 있는 이 시간에도, 세상은 자기할 일을 하나도 놓치지 않고 활발하게 이뤄가고 있다.

창밖엔 햇살이 쏟아지고, 병실의 시계는 여전히 초침을 재촉한다. 나는 속삭이듯 엄마에게 부탁했다. 조금만, 아주 조금만 더 힘을 내라고. 지금 피어나는 저 꽃들의 힘을 빌려 일어나라고, 엄마가 제일 좋아하는 춘삼월을 십분의 일이라도 맛보자고.

꽃그늘 아래서 나눌 이야기는 가슴에 쌓이는데, 입을 열기도 전에 문이 닫히고 있음을 우리는 알았으나 극구 외면했다. 한 번만이라도 엄마랑 노래 부를 수 있기를. 한 번만 더, 가려운 등에 알로에 로션이라도 발라 드리고, 솟아오른 발톱도 깎아 드리고 싶었다. 즐겨 드시던 감자를 찌고, 누룽지를 끓여 드리고,

대소변을 받아내며 농담도 나누고 싶었다. 한 번만 더, 쭈글쭈글한 손을 잡고 "엄마, 사랑해요."라고 말하고 싶었다. 그 마음은 봄날의 바람 속에 자꾸만 반복되고, 자꾸만 되뇌어진다. 한 번만 더.

하지만 마지막은 너무도 조용히 다가왔다. 침묵은 한 폭의 그림처럼 병실을 가득 채웠고, 나는 무너진 마음을 수습할 틈도 없이, 다만 엄마의 얼굴을 오래도록 바라볼 수밖에 없었다. 엄마는 입가에 미소를 머금고 눈가에도 미소가 피어나는 얼굴로 동백꽃이 떨어지듯 툭, 능소화가 지듯 툭, 그렇게 가셨다.

엄마는 떠났다. 그 순간 나는, '마지막'이라는 단어 대신, '처음'이라는 단어를 떠올렸다. 엄마를 처음 이해했던 날처럼, 엄마를 처음 한 여자로 인정해 주던 날처럼, 목놓아 엄마를 불렀다. 엄마, 엄마, 권. 옥. 순. 내 안에서 울리는 그 이름은, 내 안에 꽃 씨앗으로 잉태되었다.

살구꽃은 여전히 피어있고, 엄마는 떠났다. 하지만 내 마음에는, 그 꽃길을 천천히 걸어가던 엄마의 발자국이 남아 있다. 나는 오래도록 그 발자국을 따를 것이다. 곧 꽃잎은 하염없이 흩날리겠지만, 엄마의 숨결은 여전히 내 삶 속에 살아 있을 것이다.

엄마의 씨앗이 내 안에서 꿈틀거린다. 천 개의 꽃이 되어, 내 삶의 모든 계절마다 다른 향기로 피어날 것이다. 꽃잎은 하염없이 흩날리고, 향기는 삶에 스며들어 내 하루의 숨결이 되고, 내 기억의 노래가 되리라.

(2025년 봄)

엄마에게 찍어 올린 풍경 하나
− 작은아버지의 구순 잔치 −

2025년 10월 18일, 작은아버지의 구순을 축하했다. 올해 3월 말, 엄마가 돌아가셨고 5월에 작은아버지의 아흔 번째 생신이 있었다. 작은아버지는 "부모 같은 형수님이 돌아가셨는데 무슨 구순 잔치냐."라며 극구 사양했다. 남은 이들에게 애도의 시간이 필요하다는 이유였다. 상실의 자리에 햇살이 내려앉아 상처를 다독이고 우리는 엄마의 빈자리를 받아들이기 시작했다. 언니들에게서 올해가 가기 전에 작은아버지의 구순을 축하하자는 말이 싹트고 있었다. 마침 하와이에 있는 미숙 언니가 서둘렀다.

조카들의 뜻을 받은 작은엄마와 그 자녀들이 "시간 되는 사람만이라도 모이자."라며 초대했다. 장소는 중화산동의 〈연가〉.

상차림은 이미 준비되었고, 하얀 천 위에 여러 모양으로 장식된 무대는 사진 찍기에도 좋았다. 플래카드를 걸고 케이크와 꽃을 더하니 더욱 화사하고 근사했다.

시간 약속에 철저한 곁님이 문을 열었고, 전주에 사는 혜숙 언니는 꽃을 들고 도착했다. 작은아버지와 작은엄마는 서울에서 내려온 희승 내외가 모셨다. 멀리 하와이에서 귀국한 미숙 언니, 광명에서 출발한 영신 오빠 내외도 도착했다. 익산의 영자 언니와 영숙 언니는 순신 언니가 모시고 왔고, 진안 중길리에서 숲속 작은 도서관을 준비 중인 영균 오빠, 좌포의 정숙 언니와 형부는 조카 정섭이가 모셨다. 상견례를 마치고 부리나케 달려온 정국이도 자리를 빛냈다.

다리를 다친 승원이는 목발을 짚고 엄마와 함께 참석했고, 근무 중이던 인호도 짬을 내어 꽃다발을 들고 찾아왔다. 잠시 뒤, 작은엄마의 동생 이종환 목사님 부부와 캐나다에서 귀국한 그들의 큰아들이 아기를 안고 들어왔다. 아기는 방 안의 꽃이라더니 모두의 시선이 아기에게 쏠렸다. 울지도 않고 파티를 즐기는 아기여서 더 사랑스러웠다.

행사 진행은 영신 오빠가 맡았다. 오빠는 타고난 흥부자다. 함께 있으면 눅눅하던 공기가 금세 밝아지고, 사람들의 얼굴에는 금방 화색이 돈다. 한두 마디로도 웃음의 파도가 일렁이게 만든다. 젊은 시절, 서울에서 웅변을 가르쳤고, 각종 행사의 사회를 맡았던 경험 덕분인지 진행은 매끄럽고 유쾌했다.

먼저 유봉관 시인이 축시를 읊었고, 혜숙 언니도 편지글을 낭독했다. "당신은 사랑받기 위해 태어난 사람~" 노래를 부르며 케이크를 잘랐다. 작은아버지가 훅~ 한 번에 촛불을 끄고, 우리는 환호와 박수로 축하했다. 급히 모인 자리였지만 생각보다 격식이 갖춰졌다.

특히 내가 가장 감동한 것은 노래 시간이었다. 사회자인 영신 오빠는 목사님이다. 그래서 찬송가를 부를 줄 알았는데 의외였다. "학교종이 땡땡땡 어서 모이자~"로 시작된 〈학교종〉, "아침 바다 갈매기는 금빛을 싣고~"의 〈바다〉, "이슬비 내리는 이른 아침에~의 〈우산〉, 넓고 넓은 바닷가에~"의 〈클레멘타인〉. 노래를 한 곡씩 더할 때마다 어릴 적 모습들이 생생하게 살아났다. 학교 종소리가 들리면 부리나케 뛰어갔던 개구쟁이가 떠오르고, 봉황산에 올라 아아아 소리 지르던 작은 꼬마가, 앞 냇가에서 언니들과 미역감고 다슬기를 잡던 소녀가, 메뚜기를 잡아 소주병에 넣고, 고추잠자리를 쫓아 천방지방 뛰어다니던 볼 빨간 아이 시절로 돌아갔다.

특히 시월 요맘때면 봉황산에서 도토리를 줍는 일에 정성을 쏟았던 엄마도 떠올랐다. 할머니 생신날, 동네잔치를 할 때마다 낭창낭창한 엄마의 도토리묵에 찬사를 보내던 목소리가 들리는 듯했다.

여든여섯의 작은엄마가 대표로 노래했다. "*내 사랑아, 내 사랑아, 나의 사랑 클레멘타인~.*" 어쩜 저리도 젊고 청순한 음색일까. 그 목소리에 모두 감동했다. 이어서 정숙 언니, 혜숙 언니, 미숙 언니, 순신 언니, 희승이가 각 가정의 대표로 노래를 불렀다. 가장 코끝이 찡한 순간은 엄마의 애창곡 〈고향의 봄〉을 부를 때였다.

"큰외숙모가 제일 좋아하던 노래입니다. 큰외숙모를 기리며 불러봅시다."

영신 오빠의 한마디에, 덮어두었던 슬픔이 흐르기 시작했다.

영신 오빠는 계절이 바뀔 때마다 광명에서 출발해서 익산에 들러 언니들을 모시고 고향을 찾는다. 위문공연을 하기 위해서다. 홀로된 지 오래인 외숙모들은 그들의 방문이 보약보다 큰 위로가 된다. 고모네의 기둥이신 영자 언니를 중심으로 똘똘 뭉친 그들의 공연은 옛 서커스단보다 흥겹고 유쾌하다. 그 흥은 적막과 외로움을 통소처럼 불며 살던 이들에게 한 달 분량의 웃음을 선물하곤 했다.

그때마다 엄마는 〈고향의 봄〉을 자주 불렀다. 노래 끝에는 늘 그리움에 눈물을 흘리곤 했다. 엄마가 닿고 싶었던 고향, 그리고 그 땅의 봄을 엄마는 평생 마음속에 품고 사셨나 보다. "*나의 살던 고향은 꽃 피는 산골~*" 엄마가 이생에서 마지막으로 부른 노래이기도 하다. 그날도 병상에서 몇 소절 부르다가 끝을 맺지 못했었다. 지금도 그 노랫가락은 하늘에 닿지 못하고 내 가슴에서 요동친다. 아무래도 한동안은 금지곡이 될 것 같다.

이어서 부른 〈오빠 생각〉도 마음에 동굴을 뚫는 노래였다. 너무 일찍 세상을 떠난 고모의 큰아들인 주흥 오빠와 나의 큰오빠인 정화 오빠를 떠올렸다.

"십오 년, 사십 년이 지나도 아직 눈물이 나서 이 노래는 부를 수 없어."

순신 언니의 말에 모두가 고개를 끄덕였다. 육친을 잃은 아픔은 세월이 덮어도 온전히 아물지 않음을 우리는 안다. 노래 사이사이에 사위와 며느리, 각 가정의 대표들이 무대로 올라와 축하의 마음을 드렸다.

마지막으로 〈졸업식〉을 함께 부르고 작은아버지께 꽃다발을 드렸다. 항상 웃는 얼굴의 작은아버지는 그날따라 더 밝고 온화했다. 우리는 사회자의 지시에 따라

"작은아버지 구순 축하드려요!"

"건강하게 오래오래 사세요!"

구호를 외치며 함께 사진을 찍었다.

행사가 끝난 뒤, 광명으로 올라갈 차가 고장이 났지만 정섭이의 기술로 무사히 해결했다. 그리고 찻집에 들러 네이버 밴드, '하도 좋아'를 만들었다. 사진을 올리고 가족들을 초대했다.

작은아버지의 구순 잔치는 흩어져 있던 피붙이들을 오랜만에 다시 모이게 한 따뜻한 명분이 되었다. 갑작스러운 자리였기에 모두가 함께하지 못한 아쉬움은 남았지만, 이렇게라도 다시 뭉칠 수 있었다는 것만으로 충분히 뜻깊은 하루였다. 명사회자의 재치 있는 진행 덕분에 우리는 잠시 어린 시절로 돌아가 해맑게 웃을 수 있었다. 그날의 노래와 웃음소리가 아직도 가슴을 데운다.

이따금 '하도 좋아' 밴드에 사진을 올릴 때마다 엄마에게 우리의 삶을 보고한다. 그리고 마음속으로 속삭인다.

"엄마, 그곳에서 평안하시죠?

(2025년 가을)

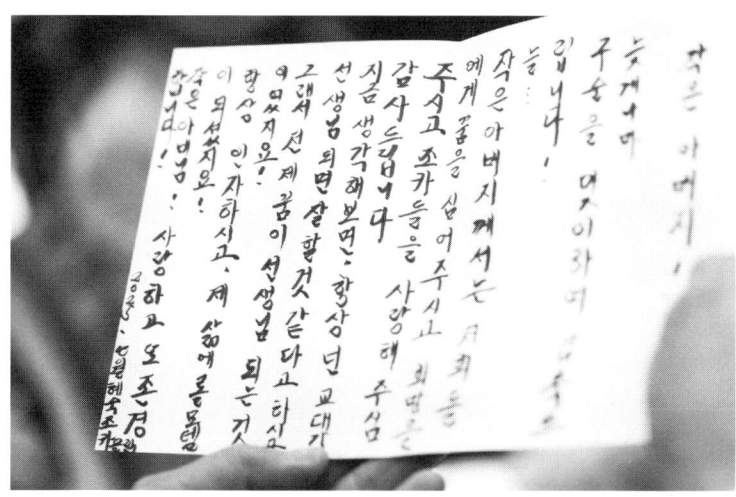

2부
하도 좋아

아버지의 낡은 사진첩
- 기억의 서랍을 열며 -

아침 이슬에 금방 헹구어 낸 햇살이 되어 그리운 이에게 가고 싶은 봄날이다. 꽃샘추위를 이겨내고 맑은 웃음으로 다가오는 햇발이 반가워서 창문을 열어젖혔다. 안방, 아이들 방, 공부방, 화장실, 주방, 다용도실 등 모든 문들도 열고 새봄의 향기로 채웠다. 그래도 돋을양지에 노니는 볕이 아까워서 수납장에 갇혀 있던 것들까지도 꺼내었다. 너덜너덜해진 중학 시절 일기장, 곁님이 군인이었을 때 주고받은 편지, 육아 일기, 아이들의 사진첩을 꺼내어, 오래 묵은 기억을 햇살에 내어놓았다. 이리저리 바지런을 떨던 나는 낡은 사진첩에서 멈추었다.

해는 아직 젊고 어리다고 누가 표현했던가. 이 순간의 햇살은 눈부시지 않지만, 아버지의 유품 중 하나인 그것을 대하니 눈을 뜰 수가 없다. 삼 년이나 지났건만 아직도 아버지를 떠올리면 눈물부터 앞선다. 주름살 하나 없는 청년 시절의 모습, 자신감과 활력이 넘쳐나는 아버지의 젊음이 사진첩에 고스란히 남아 있다. 특히, 눈길이 오래갔던 것은 가난했던 시절이었음에도 가발을 쓰고 저고리와 치마를 입은 사진 속의 여유로움이다. 이 사진은 아직도 풀리지 않는 수수께끼다. 생전의 아버지는 늘 근엄한 모습이었는데 어떤 사연으로 여장 사진을 찍었는지 궁금증이 더해간다.

나의 추억 여행을 시샘하는 듯 구름장이 햇살을 가리고 있다. 잠시 눈을 들어 들판을 보았다. 구름 낀 볕뉘 아래 보리 순들이 더욱 짙푸르게 다가오고, 논두렁을 타고 삼삼오오 나물을 캐는 아낙들이 한 폭의 수채화처럼 정겹다.

잠시 최명희(1947~1998) 소설가가 즐겼다는 보이차를 마시며 그의 표현대로 토담에서 느낄 수 있는 흙내, 묵은 짚 더미 삭는, 그 향기를 즐기며 다시 사진첩에 빠져들었다. '4293년 9월 17일'이라 쓰인 할머니 회갑 잔치 사진이 나온다. 윤기가 나게 빗어 넘겨 낭자한 할머니의 정갈한 모습을 보니 할머니가 그리워진다. 국민학교(초등학교) 시절, 밭두렁에서 연초록 나물들을 소쿠리에 수북이 캐오면, 할머니는 볼웃음을 지으며 "하도 좋다! 하도 좋아!" 감탄하며 기뻐했다. 그것들을 대청마루에 펼쳐놓고 냉이, 풍년초, 깜밥나물, 달래, 쑥, 질경이, 꽃다지, 돌나물 등 이름을 가르쳐 주었다. 국거리와 삶아 무치는 것들로 구분해 주기도 했다. 언뜻 상큼한 냉이 향이 코끝에 와 머무는 듯하다. 오래된 기억을 살며시 흔드는 봄의 인사 같다.

한 장을 넘기니 젊은 여인의 아리따운 자태가 눈에 들어온다. 내 엄마다. 엄마의 젊은 미소가 가슴을 저리게 한다. 일제강점기와 해방, 6·25를 겪으며 가난했던 시절, 잠시도 쉴 수 없었던 엄마를 동네 사람들은 철인이라 불렀다. 그런데 사진 속 모습은 참으로 여리고 곱다. 수줍어하는 입가에 살포시 물려있는 웃음, 슬픔을 감싸 안은 새벽빛 같다. 오는 주말엔 친정 나들이를 가야겠다. 가서 젊은 날의 흔적을 찾아 사진을 찍고 옛이야기도 듣고 싶다.

엄마처럼 든든한 언덕이 되어 준 큰언니의 사진도 있다. 어른들이 불룩 나온 배를 보며, "이 배는 무슨 배?" 하고 물으면 "보리밥 배"라고 답했다는 큰언니. 내가 국민학교(초등학교) 2학년 때, 시집간 큰언니를 만나러 기차를 타고 서울에 간 적이 있다. 용산역으로 마중 나온 형부는 뜨끈한 국밥을 사줬다. 처음 먹어본 국밥이 어찌나 맛있던지 매운 것도 참고 코를 훌쩍이며 먹었다. 남산타워에 갔을 때, 가로등 밑에 샛노란 민들레가 있었다. "서울에도 민들레가 있네." 하는 내 말에 웃던 그 너털웃음이 지금도 들려오는 듯하다. 그날이 더욱 잊히지 않는 것은 형부가 준 동전 두 개를 잃지 않으려고 양말 속에 넣고 불편하게 걸었던 기억 때문이다.

　사진첩을 닫으려는데 사진 한 장이 툭, 떨어진다. 사십여 년 전, 마당에서 벼 타작하는 사진이다. 우두두두둑 우두두두둑 조록조록 조록조록. 홀태에 벼 훑는 소리. 왕왕 왕왕 다락다락다락. 호롱기 돌아가는 소리. 떠들썩한 소리가 들리는 듯한 사진 속에는 늘 상처투성이였던 작은오빠가 있고, 오줌을 가리기 시작했던 동생도 있다. 깨어진 그릇 조각으로 공기놀이하는 나도 보인다.

　중년의 나에게 아버지의 낡은 사진첩은 많은 이야기를 전해 준다. 지금쯤 아버지의 산소에는 햇볕이 질펀하게 노닐고 있을 것이다. 살랑살랑 봄바람이 들려주는 곡조에 귀를 세우고 내 아버지도 봄날을 즐기고 계실 것이다. 따사로운 봄볕이 내려앉은 그 자리에서, 아버지의 타령 한 곡조를 들으며 추억처럼 사진 한 장 남기고 싶다.

　사진첩을 덮는 손등 위로 햇살이 살포시 내려와 앉는다. 어린아이 피부 같은 햇살 때문인지 그리움 때문인지 두 눈이 스르르 감긴다. 한 줄기 햇살이 되어 아버지에게로 다가가는 내가 보인다.

(2010년 봄)

사진 한 장
− 혜숙 언니의 보건소 일상 −

"드르륵, 드르륵."

점점 가까워지는 소리에 혜숙 언니는 약을 짓던 약봉지를 내려놓고 보건소 문을 연다. 한 달에 한 번 약을 타러 오는 휠체어 부부였다. 남편은 뇌졸중으로 15년째, 아내는 근육위축증으로 10년째다. 이 부부를 볼 때마다 언니는 남편에 대한 불만이 사라진단다.

"금방 텃밭에서 뜯어 왔어유."

들어서던 여인이 검정 비닐봉지를 내밀며 수줍게 웃는다. 여리고 싱싱한 상추다. 그냥 씻어 비벼 먹어도 최고일 것 같은 풋풋한 빛깔이다. 불편한 몸으로 이 상추를 심고 가꾸느라 얼마나 많은 땀방울을 흘렸을까. 그런 언니의 마음을 눈치챘는지 여인이 말을 잇는다.

"사진값이어요. 지난번에 사진을 하도 예쁘게 박아 줘서 겁나게 감사허거든요. 선생님 사랑엔 택도 없지만, 맛나게 드셨으면 좋겠구먼요."

지난달 이들이 보건소에 왔을 때였다. 그날따라 강바람이 세차게 불고 진눈깨비까지 흩날렸다. 치료를 끝낸 후, 휠체어를 밀며 4㎞를 가야 하는 그들은 서로 장갑을 챙겨 끼워주고, 목도리를 다시 둘러주며 한참 만에야 단장을 마칠 수 있었다. 다른 직원이 출장만 가지 않았어도 언니가 직접 태워다 드렸을 텐데, 자리를 비울 수 없어서 그냥 보내야만 했던 것이 마음에 걸렸다.

그런데도 이들 부부는 언니의 걱정과는 달리, 밝은 얼굴로 서로의 옷매무새를 다듬으며 상대를 먼저 챙기고 있다. 그 모습이 하도 예뻐서, 따끈한 커피를 대접하며 사진을 찍어 드렸다. 처음엔 "무슨 사진이냐?"하며 손사래를 쳤지만, 막상 카메라를 들자 자연스럽게 손을 맞잡고 다정한 눈길을 나누는 것이 아닌가. 아이처럼 기뻐하면서….

일주일 뒤 사진을 크게 인화해 드렸을 때, 두 분은 "몇 년 만에 함께 찍은 사진이지?"라며 기대 이상으로 좋아했다. 몇 번이나 감사 인사를 하는지 사진 한 장에 대한 감동이 넘쳐 언니는 조금 쑥스러워했다.

그런데 오늘은 아예 상추 선물이라니. 마침 점심시간이다. 평소라면 가까운 식당에서 끼니를 해결했겠지만, 오늘만큼은 이 상추를 휠체어 부부와 함께 먹으려고 준비했다. 부리나케 쌀을 씻어 밥을 안치고, 주방 한쪽 작은 냉장고에서 고추장과 참기름, 깨소금을 꺼낸다. 비상근무 때를 대비해 늘 준비해 두었던 것들이다.

치료를 마치고 돌아서려는 부부는 신세 지는 게 미안하다며 극구 사양한다. 신체적 불편함 때문에 더욱 조심스러운, 깔끔한 성격의 두 분이다.

"식사를 같이 안 하시면 다음부턴 사진 안 찍어 드릴 거예요."

농담 반, 협박 반으로 부부의 걸음을 주방으로 향하게 한다. 아기 상추의 부드러움만큼이나 여린 두 분의 심성을 떠올리며, 언니는 사랑이란 갖가지 채소와 양념을 넣어 골고루 비벼 먹는 비빔밥과 같다고 생각한다. 서로 어울릴 수 있는 마음의 여백이 바로 사랑일 것이다. 공중보건의로 와 있는 젊은 의사도, 치과 간호사도 모두 벌건 고추장을 입가에 묻히며 맛있게 먹는다.

늘 둘이서만 간단히 끼니를 때우던 휠체어 부부도 "여럿이 먹으니 꿀맛"이라며 웃는다. 식사 후, 커피 한 잔을 나누며 기념사진을 또 찍는다. "찰칵."

아내의 입가에 묻은 고추장을 남편이 투박한 손으로 닦아 준다. "찰칵."

남편의 눈곱을 아내가 휘어진 손가락으로 조심스레 떼어낸다. "찰칵."

오늘은 사진이 한 장이 아니라 여러 장이어서였을까, 두 분의 얼굴이 더욱 볼그레해진다. 사랑스러운 기운이 얼굴에 꽃물처럼 번진다. 아쉬운 듯 몇 번이나 감사 인사를 건네며, 두 분은 여전히 손을 꼭 잡은 채 보건소를 나선다. 그 뒷모습 위로 또 하나의 사진이 찍힌다. 휠체어 부부의 넉넉한 사랑이 한 장의 사진처럼 담긴다.

"찰칵."

(2010년 여름)

오늘 하루도 무사히
– 혜숙 언니의 요양원 근무 일상 –

언니는 떠지지 않는 눈을 비비며 시계를 본다. 여섯 시 오십 분.

"이럴 수가, 분명 여섯 시에 자명종을 맞춰놨는데…."

부리나케 일어나니 여기저기 뚝뚝 소리가 나며 몸이 욱신거린다.

"이 정도면 일기예보 따위 안 봐도 궂은 날씨 확정이지."

언니는 중얼거리며 고양이세수를 하고 손가락에 물을 묻혀 머리를 슥슥 빗는다. 가방을 챙기며 중얼거린다.

"제발 오늘도 무사히…."

어르신들 사고 없이 넘어가길 바랄 뿐이다. 언니가 향하는 곳은 '진안노인전문요양원.' 말의 귀처럼 쫑긋 솟은 마이산 자락에 있다. 봄이면 새순 돋는 산세에 감탄하고, 벚꽃 흩날리면 셔터를 누르던 길이다. 여름에는 푸른 들판, 가을에는 황금빛 벼이삭에 가슴이 뛰곤 했다. 겨울에는 눈길이 미끄러워 버스에 몸을 맡기던 길이다. 하지만 이제 그 길은 더 이상 풍경의 길이 아니다.

6개월째, 여유를 잃어버린 전쟁터 출근길이 되어버렸다. 퇴직 전에 보람 있는 일을 해보려고 자원한 곳이었다. 호스피스 교육까지 받고 '평안한 이별'을 꿈꾸며 시작했지만 현실은 달랐다.

"약 줘! 약 줘!", "집에 갈 거야!", "내 돈 내놔!"

욕설이 오가고, 대소변을 치우고, 싸움을 말려야 했다. 언니가 꿈꾼 아름다운 이별은 첫날에 이미 산산조각이 났다. 이곳은 삶의 마지막 페이지가 아니라, 삶과 싸움의 최전선이다. 꽃을 좋아했던 언니는 보건소에 근무할 때는 아침마다 꽃밭을 가꾸며 하루를 시작했다. 하지만 지금은 꽃향기를 맡을 틈조차 없다. 지각은 스스로 용납되지 않는다. 책임자로서 늘 20분 일찍 출근한다.

오늘도 무리하게 달려서라도 8시 20분 전에 요양원에 도착했다. 약 챙기고, 식사 수발하고, 생신 잔치 챙기고, 미술·음악 치료까지…. 발바닥에 불이 나도록 뛰고, 오후 4시면 순찰 시간이다.

"죽 올 때 되었나 봐요?"

언니가 평소처럼 인사하자, 암 말기 환자 어르신이 눈을 치켜뜬다.

"뭐? 죽을 때 됐다고? 죽을 때 됐다고!"

아뿔싸. 간식 '죽'이 아니라 인생의 '죽음'으로 알아들은 것이다. 언니는 급히 달래며 웃는다.

"아이고, 어르신. 하루가 휙휙 지나가요. 오늘은 영양죽이 참 맛있네요. 어여 드셔요."

다행히 어르신은 금세 죽 한 그릇을 뚝딱 비운다. 그제야 언니는 가슴을 쓸어내린다. 정신적 긴장감이 육체노동보다 더 무겁다는 걸 새삼 깨닫는다. 하루 내내 뛰고, 닦고, 달래고…. 퇴근 후에는 쓰러져 잠들었다.

그런데 그 어르신이 반듯하게 누워 계시는 꿈을 꾸었다. 심장이 철렁해 언니는 다음 날 한 시간 일찍 출근했다. 서둘러 어르신부터 찾았다.

"어르신, 잘 주무셨어요?"

그분이 방긋 웃으며 맞이해 주는데 눈물이 핑 돌았다. 언니는 꼭 끌어안으며 말했다.

"어르신, 사랑해요. 간밤에 잘 계셔서 고마워요."

언니는 오늘도 마음속으로 중얼거린다.

"어르신들, 제발 오늘도 끝까지 무탈하시길…."

하지만 사실, 무사히 지나가야 하는 건 어르신들만이 아니다. 간호사와 요양보호사, 그리고 이 시대를 살아가는 우리 모두의 마음이기도 하다. 노인 인구는 점점 늘어가고, 돌봄의 현장은 숨 돌릴 틈이 없다. 누군가는 이 고단한 현장을 '마지막을 준비하는 곳'이라 부르지만, 이곳은 마지막이 아니라, 오늘 하루를 어떻게든 살아내려는 치열한 생의 현장임을 언니는 체감한다.

얼마 전 만성질환으로 입원했던 어르신이 3년을 요양하시다가 돌아가셨다. 서울에 있는 가족들에게 애도하는 마음으로 연락을 드렸다.

"내가 바빠서 못 내려갑니다. 어차피 서울에서 초상을 치러야 하니 영구차로 보내주세요."

'세상에, 부모가 돌아가셨는데 임종도 못 지켰는데, 또 덜렁거리며 끌려가듯 홀로 어디로 보낸단 말인가. 이게 웬 말인가.'

언니는 멍하니 망자를 바라보며 대신 울 수밖에 없었다.

그 후로 언니는 어르신들이 썰렁한 병실에서 홀로 떠나시는 일만큼은 없게 하려고 더 세심하게 신경 쓴다. 언니의 소망은 단순하다. 눈뜨는 이들에게는 하루의 빛을, 눈감는 이에게는 평안한 안식을, 그리고 돌보는 이들에게는 생명에 대한 존엄과 웃을 수 있는 여유가 허락되기를 바랄 뿐이다.

'오늘도 무사히, 또 무사히.'

(2011년 여름)

숫눈길이 그리워
- 아버지의 등 -

몸살을 앓던 하늘이 아직 개운하게 일어서지 못하고, 퉁퉁 부어오른 얼굴로 한나절을 살고 있다. 겨울 해도 얼어붙었는지 눈을 못 뜨고 종일 덜덜 떨다가, 갑자기 눈이 내리기 시작한다. 엊그제 밤에 살짝 내린 도둑눈은 첫눈이 아니라고 우기던 딸의 말이 떠오른다. 점점 하늘이 무거워진다.

함박눈이 펑펑 내린다. 오늘 눈은, 딸도 인정할 수 있는 첫눈일 것이다. 내일 아침, 모악산을 걸을 수 있으리라는 기대감에 마음이 부풀어 오른다. 눈이 오면 으레 숫눈길을 걸으려고 이른 새벽부터 서두르곤 했다. 그런데도 항상 우리보다 앞선 발자국을 발견하게 되고, 우리처럼 숫눈길을 좋아하는 누군가가 있음에 빼앗긴 숫눈길에 대한 섭섭함, 누구일까라는 호기심이 차오르곤 했다. 그가 걸어간 길을 따라 한 발짝씩 걸으면서, 어떤 마음으로 이 길을 밟았을지 문득 궁금해지곤 했다.

아무도 걷지 않은 눈길, 즉 숫눈길을 좋아한 것은 아주 어렸을 때, 아버지의 등에 업힌 유일한 기억 때문이다. 산밑에 있던 작은집에서 제사를 마치고 돌아오는 길, 눈이 쌓여 있었다. 작은 도랑을 건너 집으로 오는 300m 남짓한 거리에 불과했지만, 영원히 끝날 것 같지 않던 길이었다. 그 길을 걷던 아버지의 등은 나를 세상에서 가장 안전한 곳으로 데려가고 있었다. 지금도 눈 오는 밤이면 여전히 그 길 위에 서 있는 느낌이 든다.

자정이 넘은 적막한 공기를 묵직하게 가르는 소리가 있었다. 봉황산 상수리나무숲에서 부엉이가 부우어엉부우어엉 울었다. 겁에 질린 나는 아버지의 등에 업힌 채 덮어준 외투 속에 고개를 묻었다. 아버지의 등은 넓고 따뜻했으며, 부엉이 울음소리도 침범할 수 없는 곳이었다. 사그락사그락, 눈을 밟는 발소리가 부엉이 울음을 잠재웠다. 발목까지 쌓인 눈길이 위험하다며 아버지는 보폭을 좁히면서 먼저 걸었다. 동생을 업은 엄마에게 당신의 발자국을 따라오라 했다.

엄마에게 길을 빌려주고, 나에게는 등을 빌려준 아버지. 그 추억의 꽃들이 피어있는 숫눈길은 항상 나를 들뜨게 한다.

"사그락사그락."

눈길 위에서 발자국을 남기며, 어린 나와 아버지, 그리고 그

때의 세상이 내 안에서 다시 걸어온다.

숫눈길은 단순한 길이 아니다. 삶의 온기와 사랑을 가르쳐 주는 세상에서 가장 순한 교실이다. 내일은 그 교실에서 어떤 따스한 인연이 내게로 걸어올까? 펑펑 쏟아지는 눈 속에서 나는 다시, 사랑의 온도를 배운다.

(2020년 겨울)

그 어른의 "하도 좋아"
– 어른이란 –

　몇 해 전, 최명희문학관에서 열린 '청소년과의 대화' 프로그램에 학생들과 함께 발표자로 참여한 적이 있다. 그날의 무대는 단순한 문학 행사가 아니었다. 오래 묻혀 있던 마음의 보물을 다시 꺼내는 자리였다.

　함께 무대에 선 서연이와 아인이는 중학교 3학년과 1학년이었다. 요즘 흔히 말하는 '무적의 중딩'이라는 말이 무색할 만큼, 그 아이들은 순수함을 품고 있었다. 사춘기의 불안 대신 새벽 안개 속 옹달샘처럼 맑은 기운이 넘쳤다. 학원의 경쟁 속에 휩쓸리지 않고 제 마음이 이끄는 대로 기량을 닦는 자유로움이 있었다.

　그날 아이들이 발표한 주제는 '내 인생의 책 한 구절'이었다. 놀랍게도 그들이 선택한 글은 교과서 속의 작품이 아니라, 바로 할아버지가 쓴 시 「하도 좋아」였다. 청소년이 발표 무대에서 할아버지의 시를 낭송하며 그것을 인생의 좌우명처럼 여긴다는 사실이 내 가슴을 깊이 울렸다.

그 「하도 좋아」 속에는 한 가문의 정신, 그리고 한 세기의 고난을 견뎌낸 어른의 품격이 담겨 있다. '하도 좋아'는 이영규 시인의 어머니, 곧 아이들의 증조할머니인 최판임 여사의 입버릇에서 비롯되었다. '그저 좋다'가 아니라, '너무 좋아, 감당하기 어려울 만큼 좋다.'는 의미다.

1900년에 태어난 최판임 여사는 훈장이었던 아버지의 영향으로 한자를 익히고 국문도 깨쳤다. 그러나 배운 것을 펼쳐 볼 기회는 없었다. 일제의 모욕과 참담함, 해방 후의 혼란, 6·25전쟁의 상흔까지 온몸으로 견뎌내야 했다.

셋째 아들을 전쟁터에서 잃고도 한숨만으로 세월을 보내지 않았다. 남은 자녀들이 있기에 내일을 바라보며 고통을 이겨냈다. 세월이 깊어질수록 원망 대신 "하도 좋아"를 되뇌며, 삶의 슬픔을 희망으로 정화했다. 고난 속에서도 감사를 발견하려는 자세, 그것이야말로 참된 어른의 품격이 아니었을까.

그 정신을 닮은 이가 바로 학생들의 할아버지, 나의 작은아버지다. 젊은 시절 그는 운암에서 교편을 잡은 적이 있다. 몇 년 동안 퇴근하고 나면 이웃의 소를 길러주고 송아지 한 마리를 얻었다. 그것을 어머니께 드리기 위해 운암에서 진안까지 60리 길을 걸었다고 한다. 송아지와 함께 걸었을 그 길을 생각하면, 그 효심에 가슴이 뭉클해진다.

또 어느 해 겨울, 병약해진 어머니를 걱정하다 잠이 들었는데 '지렁이를 달여 드리면 나을 것'이라는 꿈을 꾸었다고 한다. 그 길로 달려와 두엄자리 밑을 파헤치고 지렁이를 잡아 달여 드렸고, 할머니는 그것을 드시고 병환을 이겨내서 여든아홉까지 장수했다. 그 일화는 지금도 전설처럼 전해지고 있다.

작은아버지는 효심으로만 그치지 않았다. 시대의 기록자로 카메라와 녹음기를 들고 가족의 삶을 통해 당시의 문화를 기록하려고 노력했다. 덕분에 우리는 할머니의 구음과 밤골 아주머니의 타령을 귀한 민속자료로 간직하고 있다.

세월이 흘러 작은아버지는 여든여덟의 노구가 되었다. 그럼에도 뙤약볕을 마다하지 않고 손녀들의 발표를 응원하러 문학관을 찾았다. 그 자리에서 손녀들은 「하도 좋아」를 낭송했다. 작은아버지는 청중들의 참여도가 높고 가치 있는 행사라며 눈시울을 붉혔다.

"대한민국의 미래는 밝을 것입니다. 책을 가까이 두는 학생들이 있고, 그것을 권장하는 어른들이 있으니 이 나라는 승승장구할 것입니다."

청중석에서 박수 소리가 우렁차게 울렸다.

"제가 젊은 날부터 읽고 실천하려 애쓴 책, 톨스토이의 『인생독본』을 여러분도 읽었으면 좋겠습니다. 이 책을 통해 매일 자신을 빛나는 보석처럼 다듬어 가시길 바랍니다."

그날 이후, 나 또한 『인생독본』으로 마음공부를 시작했다. 그것은 곧, 할머니의 "하도 좋아" 정신을 내 삶 속에서 다시 이어가는 길이었다.

나는 자주 묻는다. 어른이란 무엇일까. 어른은 나이를 더한 존재라기보다, 세월 속에서 올곧은 정신을 빚어낸 존재라고 정의 내리고 싶다. 고난에 휩쓸려 주변을 탓하는 이가 아니라, 진흙 속에서도 향기를 품는 연꽃처럼 삶을 정화하여 후대에 맑은 마음을 건네는 사람이 참 어른일 것이다. 그런 어른의 얼굴이 바로 작은아버지에게 있다. 그리고 그 얼굴을 따라 배우는 일, 그것이 나의 숙제다.

할머니의 "하도 좋아"는 삶을 견디는 언어이자, 세대를 잇는 희망의 씨앗이다. 작은아버지는 그것을 기록으로 남겼고, 아이들은 그것을 낭송으로 이어간다. 그 모든 길이 만나 하나의 빛이 되어 내 앞에 펼쳐진다. 나는 그 길 위에서 '어른다움'을 다시 배운다.

고난을 발판 삼아 희망을 건네는 힘, 그것이야말로 진짜 어른의 얼굴이다. 그래서 오늘도 나는 조용히 읊조린다.

"하도 좋아."

(2023년 가을)

괜찮아
– 아버지의 영원한 숨결 –

    40도를 웃도는 무더위를 피해 장수 방화동 계곡을 찾았다. 한 달 가까이 비를 만난 적이 없어 냇물은 목말라 있었지만, 방화동의 물결은 여전히 차갑고 깊다. 다슬기가 슬금슬금 산책하듯 기어 다니는 계곡을 따라 걷다 보면, 공기가 서늘하게 콧속으로 흘러들고 마음마저 맑아진다. 징검다리를 건너니 물안개 속에서 작은 폭포가 모습을 드러낸다. 용소다. 햇빛이 작렬하는 한낮에도 몸을 담그기 망설여질 만큼 시린 물줄기다. 심한 가뭄에도 굴하지 않고 제자리를 지키고 있는 그 모습이 신비롭다. 덕분에 한낮의 무더위는 한순간에 거짓말처럼 사라진다.

    밤이 되자 물소리는 더욱 우렁차게 울린다. 텐트촌을 지나 불빛이 닿지 않는 길을 한참 올라 노루목 고개에 이르자, 하늘은 별들로 가득하다. 목이 아플 만큼 고개를 젖히니, 까만 하늘 위로 그날의 꿈이 다시금 내려앉는다.

십팔 년 전, 여든넷의 나이로 아버지는 소천하셨다. 팔 남매 중 막내였던 나를 유난히 아껴주던 분. 그 사랑이 깊었던 만큼 상실도 컸다. 길을 걷다 중절모만 보여도, 백구두를 신은 뒷모습만 스쳐도 나는 "아버지!"라고 부르며 달려갔다. 그러나 곧, '아, 돌아가셨지….' 하는 허망한 깨달음에 다리가 풀리곤 했다. 그렇게 무너져 지내던 어느 날, 아버지는 기적처럼 다시 나타났다.

아버지가 그리워 친정에 갔다. 토방에 반짝이는 구두 세 켤레가 있었다. 나는 의아해하면서도 혹시나 하는 기대를 하며 문을 열었다. 방 안에는 젊은 아버지가 다른 두 명과 회의를 하고 있었다. 주름 하나 없는 그 얼굴에는 환한 빛이 발산되고, 방 안은 숲의 향기로 가득했다. 나는 잃었던 아버지를 찾은 기쁨에 숨이 차도록 "아버지!"를 연거푸 불렀다. 그러자 아버지는 고요히 웃으며 단 한마디를 남겼다.

"괜찮아."

그 말은 내가 어려웠던 시절 고비마다, 아버지가 병상에서도, 등을 두드리며 해 주던 바로 그 목소리였다. 그 순간 나는 무안해졌다.

'아버지가 여전히 살아 계시는데 내가 왜 슬퍼했을까?'

문을 닫고 마당으로 내려서자, 풀벌레 소리가 파도처럼 밀려왔다. 하늘을 올려다보니 백조, 거문고, 독수리···. 반짝이는 별들이 보석처럼 하늘을 밝히고 있었다. 더군다나 아버지의 눈빛처럼 내게 말을 걸었다.

"괜찮아? 괜찮게 살아라."

나는 황홀한 순간을 놓치고 싶지 않아서 엄마를 불렀다. 빨리 와서 저기 좀 보라고 외치다가 꿈에서 깼다.

그날 이후 별은 내 일상의 언어가 되었다. 죽음은 끝이 아니다. 별빛을 통해 아버지는 여전히 내 곁에서, 물처럼 흘러오는 위로로 살아 있다. 나는 그 별을 바라보며 다짐한다. 슬픔에 잠기지 않고, 아버지의 말처럼 괜찮게 살아가야 한다고.

오늘도 나는 하늘을 올려다본다. 그것은 아버지가 남긴 내 하늘이다. 등기부에 오르지 않은, 그러나 무엇보다 값진 유산. 총총한 별들 사이로 아버지의 사랑이 반짝이고, 그 빛이 내 어깨 위에 내려앉는다. 어둠 속에서 길을 잃을 때마다 별은 다시 내 길을 밝혀준다.

별은 하늘에만 머무는 것이 아니다. 방화동 계곡의 차가운 물결 속에서도 별빛은 반짝인다. 가뭄에도 꿋꿋이 흘러내리는 용소의 물소리는, 아버지의 "괜찮아."를 닮았다. 물은 흘러가며 별빛을 품고, 별빛은 물결 속에서 다시 나를 비춘다.

삶이란, 물과 별빛처럼 흘러가며 서로를 비추는 영원의 대화임을. 죽음은 그 대화의 쉼표일 뿐, 끝이 아니다. 우리는 모두 언젠가 별이 되고, 다시 누군가의 머리 위에서 반짝이며 흐를 것이다. 별은 스러지지 않는다. 다만 햇살에 조용히 자리를 내어줄 뿐이다. 곧 다시 떠오를 것이고 곁에서 반짝일 것이다. 그래서.

나는, 오늘도, 괜찮다.

(2025년 여름)

섬진강 처녀
– 혜숙 언니의 섬진강 사랑 –

그녀,

섬진강 물 풀리기도 전에 산수유 노란 봄빛을 만나러 가는 그녀.

하루에 세 번 강물 빛이 달라진다며 시시때때로 달려가는 그녀.

잔잔한 옥빛 물결 속에서 위로받고 온다는 그녀.

누군가는 묻는다.

"그 강이 왜 그렇게 좋아?"

그녀는 말없이 웃는다.

그곳엔 젊은 날의 사랑이 흐르고,

흘러간 이들과의 추억이 살아 있기 때문이다.

그녀는 그리움의 강가에 늘 발을 담그고 산다.
홍쌍리 매화동산에 매화가 움트면,
못 다 푼 그리움도 함께 싹을 틔운다.
꿈속에서도 섬진강을 걷는다.
매화꽃 피고 벚꽃도 피면,
긴 강물 따라 그녀의 자잘한 웃음도 핀다.
땡볕이 이글거리는 여름날에도
자갈돌 울음소리를 들으러 달려가는 그녀.
운무 가득한 녹차밭의 새벽을 만나러
이른 바람을 가르는 그녀.
피아골의 가을을 맞이하고,
단풍잎 한 장에 물든 세월을 접어
강물 위에 고운 빛깔로 떠나보내는 그녀.
눈송이 흩날리는 겨울이면,
그들의 이야기를 들으러 다시 강가로 향한다.
강물은 아무 말이 없지만,
그녀는 그 침묵 속에서 대답을 듣는다.
섬진강에 마음이 묶여버린 그녀,
"나 죽거들랑 저 강물에 띄워 줘."라던 그녀.
강물 따라 자유롭게 흘러가고 싶다던 그 말이
이제는 바람처럼 내 마음에 남는다.

그녀의 이름은 여전히 청춘,
그녀의 시간은 여전히 강물 위에 흐른다.
흘러간 것은 강물이 아니라,
그녀의 젊은 날의 고뇌.

나의 언니,
섬진강 처녀.

(2024년 봄)

기쁨의 정원
− 마음에 피어나는 사람들 −

아침 햇살이 부드럽게 창가를 스칠 때면 문득 마음이 따뜻해진다. 그럴 때마다 떠오르는 얼굴들이 있다. 함께 차를 마시며 도란거리고 싶은 사람, 속내를 털어놓아도 흉이 되지 않을 사람, 묵묵히 내 이야기를 들어주며 고개를 끄덕여 주는 사람. 그중 단연 첫 번째는 언제나 엄마다.

엄마를 떠올리면 기쁘다. 아흔여섯의 고개를 넘어온 엄마는 상사화다. 꽃과 잎이 만나지 못해도 그리움에서 피어나듯, 엄마도 평생, 자식들을 위해 자신의 꿈을 뒤로한 채 살아왔다. 화려하게 포장하지 않아도 깊고 따뜻한 사랑이 언제나 우리를 감싸 주었다. 그 사랑은 상사화의 향기처럼 오래도록 우리 마음에 스며 있다.

큰언니를 생각하면 미쁘다. 일흔여섯의 언니는 오랜 세월 동안 백일홍처럼 변함없이 우리 곁에 머물러 있다. 계절이 바뀌어도 붉게 피어있는 백일홍처럼, 언니는 어린 시절부터 지금까지 한결같은 사랑으로 가족을 품어왔다. 진안으로 내려와 노모를 돌보는 언니의 손길에는 지치지 않는 정성과 따스함이 배어 있다. 그 손길 하나하나에 가족을 향한 믿음과 정성이 스며 있다. 언니 곁에 서면 평온과 안도감이 찾아온다.

언니는 늘 그렇게, 백일홍처럼 꿋꿋하고 변함없는 사랑으로 우리 곁을 지켜주었다. 그 사랑은 마치 오래된 나무 그늘처럼, 시간이 흘러도 우리 마음속 깊이 늘 든든히 남아 있다.

둘째 언니를 떠올리면 환희롭다. 언니는 자유롭고 활기찬 에너지를 지닌 사람이다. 오빠의 병간호를 위해 밤새 다슬기를 잡아 서울로 달려가던 언니, 집안에 연약한 자들을 간호하며 돌보려는 모습은 주변인의 마음을 환하게 한다. 흥이 많아서 집 안에 금세 웃음꽃이 피게 하고, 근심을 잠시 내려놓게 만든다. 코스모스처럼 부드럽고도 강한 언니의 존재는 우리 가족에게 언제나 건강한 빛을 선물한다.

셋째 언니는 찬연하다. 어디서든 새 생명을 틔우는 민들레다. 미국으로 가서도 밝고 긍정적인 에너지를 잃지 않고, 김치를 담그고 매실청을 만들어 이웃과 나누는 삶을 산다. 엄마가 수술했다는 소식을 듣고 곧장 날아와 대소변을 받아내며 엄마를 섬겼다. 고국에서도 타국에서도 언니는 사람들 마음에 헌신의 씨앗을 뿌리고, 다시 피어나는 봄을 선물하는 사람이다. 비바람이 불어도 다시 일어서는 민들레의 생명력을 닮았다.

넷째 언니는 우듬진 사람, 즉 듬직하고 곧은 사람이다. 하와이로 건너가 도전하는 마음으로 자신의 길을 개척했고, 해바라기처럼 삶의 빛을 향해 나아가며 지혜로운 눈빛으로 세상을 바라본다. 사진 속에 생명을 불어넣는 작가로 지금도 그 길을 걷고 있다.

작은오빠는 든든한 소나무다. 큰오빠의 빈자리를 묵묵히 채우며 멜론과 고추, 감자와 옥수수를 가꾸는 농부의 삶을 즐긴다. 비바람이 몰아쳐도 꿋꿋이 서 있는 소나무처럼, 실패에도 굴하지 않고 다시 일어서서 땅을 일군다. 그의 삶에는 고요한 강인함과 끈기가 있다.

남동생은 풍성한 포도나무다. 전기, 소방, 고압가스, 기계조립, 주택관리 등 수많은 자격증을 따내며 끊임없이 도전하고 열매를 맺어왔다. 포도나무가 덩굴을 뻗으며 넓게 세상을 품듯, 그는 가족의 일까지 도맡아 해결한다. 그의 손끝에서 열리는 포도송이 같은 열매들은 노력과 정직함으로 맺은 삶의 결실이다.

어렸을 적 대통령이 꿈이었던 그는 이제 퇴직하면 산속에 들어가 자연인으로 사는 것이 꿈이란다. 도시의 소음 대신 새소리로 아침을 맞고, 오롯이 자연의 일부로 살아가려는 희망에는 소년의 순수함이 깃들어 있다. 어쩌면 그것은 또 다른 방식의 대통령의 삶인지도 모른다. 나라를 다스리는 대신, 자기 안의 욕심을 다스리고 자연과 더불어 평화를 이루는 삶. 그의 포도나무는 이제 더이상 높이 오르려 하지 않는다. 대신 뿌리를 깊이 내려, 자신과 세상을 단단히 이어주는 그늘이 되려 한다.

막둥이는 늦가을 햇살 아래 빛나는 은행나무다. 늦은 나이에 얻은 막둥이라 아버지는 늘 "우리 막둥이 고등학교 졸업까지 볼 수 있을까?" 하고 말했지만, 아버지는 막둥이가 단단히 뿌리를 내릴 때까지 지켜봤다.

이제는 세 아이의 아버지가 되어 가장으로 최선을 다하고 드럼과 목공, 등산과 골프를 즐기며 활기찬 삶을 꾸리고 있다. 노랗게 물든 은행잎처럼, 그의 삶은 세월의 결실로 빛나고 있다.

우리 가족은 이렇게 서로 다른 꽃과 나무들이 모여 하나의 정원을 이루고 있다. 상사화와 백일홍, 코스모스와 민들레, 해바라기 그리고 소나무, 포도나무, 은행나무까지 서로의 색과 향, 그늘과 열매가 어우러져 따뜻한 숲을 만들기 위해 애쓴다. 그래서 삶은, 함께 가꾸어야 비로소 완성되는 정원이다.

(2024년 가을)

봄은 쑥 내음에서
– 쑥 향이 부르는 소리 –

한나 언니의 봄은 뒷마당 돌담 곁에서 우두망찰 서 있던 두 그루 산수유로부터 온다. 골목에 쌓인 눈이 녹아내리고, 초가지붕 처마에 매달렸던 고드름도 툭툭 떨어진다. 돌담 사이로 산들산들 봄바람이 날아들고, 산수유가 한 점 불씨처럼 노랗게 빛을 품기 시작하면,

"저 산수유가 불을 달기 시작했구나. 이제 봄이야."

한나 언니의 말이 채 땅에 떨어지기도 전에 병아리들은 둥우리에서 나와, 지난겨울 눈 속에 묻혀 있던 산수유 붉은 열매를 톡톡 쪼아댄다. 화단 여기저기에서 올록볼록 봄들이 기지개를 켠다. 봄은 언제나 그렇게 마당에서부터 피어난다.

한나 언니의 봄은 쑥 내음에서 무르익는다. 봄이 피어날 무렵

부터 코끝을 간질이는 쑥 향이 피부로 스며들고, 두 볼에 와닿는 바람이 온순해질 때면, 언니의 모습이 그 향기 속에서 아련히 되살아난다. 언니의 쑥개떡은 불후의 명작이 되어 봄날 밥상을 풍요롭게 했었다.

멥쌀을 물에 담가놓은 언니는 나와 동생들을 데리고 봉황산 언저리로 갔다. 쑥잎들이 명지바람에 흔들리며, 초록의 물결이 되어 모여 있다. 몇 번 허리를 굽혔을 뿐인데, 소쿠리에는 어느새 봄 한 자락이 가득 찬다. 쑥을 다 캐고 돌아오는 길엔 아버지가 좋아하던 달래를 캐러 방향을 튼다. 수시 감나무 아래 돌 틈 사이로 실파보다 가느다란 달래를 한줌만 캔다

"씨를 말리면 내년에는 못 먹어. 조금만 캐자."

언니는 그렇게 말하며, 남겨야 먹을 게 있다는 지혜를 몸으로 가르친다. 그래도 그때 나는, 다른 친구들이 그 달래를 다 캐 가면 어쩌나 걱정하며 발걸음을 떼지 못했다.

집으로 돌아와 우리는 불린 쌀을 절구에 넣고 찧는다. 쿵덕쿵, 쿵덕쿵, 절구질이 리듬이 되고, 그 리듬에 봄빛이 묻어난다. 채질하고 찧기를 반복하다 보면, 함지박에 고운 쌀가루가 차르르 쌓인다. 언니는 쑥을 짓찧어 쌀가루와 치대며 싱그러운 초록빛을 만든다. 그것을 손바닥에서 둥글리며 동그랗고 얇게 모양을 만들거나, 나뭇잎 모양으로 만들어 젓가락으로 잎맥을 그려 넣기도 한다. 가마솥에 김이 오르면 조심스레 만든 것들을

올려놓는다. 쑥 향이 부엌 가득 퍼지고, 진한 초록빛으로 변할 때까지 불을 지핀다. 다 익은 쑥개떡은 들기름을 묻혀 채반 위로 가지런히 놓는다.

나는 그것을 손에 꼭 쥔 채 골목으로 뛰어나간다. 막 쪄낸 쑥떡의 따뜻한 김이 손바닥을 간질이고, 한입 베어 물 때마다 봄의 향이 입안 가득 번진다. 고무줄놀이로 들썩이던 그 오후의 웃음소리가 아직도 혀끝에 남아 있다.

이제 한나 언니는 낯선 땅, 미국에서 우리의 봄을 그리며 산다. 봄이 오면 향수병에 젖어 수시로 전화가 온다.

"쑥개떡이 먹고 싶어. 그 냄새만 맡아도 고향 생각을 달랠 수 있을 것 같아."

한나 언니의 봄은 바다를 건너 우리의 기억 속으로 스며들고, 머나먼 이국에서도 그 쑥 내음만은 여전히 언니 곁을 맴돈다. 쑥 향이 퍼지고, 그 부름이 봄마다 물결친다.

봄은 우리의 마음속에 지워지지 않는 그리움의 향기를 남긴다.

(2025년 봄)

강물 위에 피어난 노래

- 큰언니의 노래 -

가끔 「눈물 젖은 두만강」을 들을 때면 피식 웃음이 난다.

두만강 푸른 물에 노 젓는 뱃사공, 흘러간 그 옛날에 내 님을 싣고~

국민학교(초등학교) 3학년 때였다. 담임선생님께서는 친구들 앞에서 노래를 부르라고 했다. 부끄럼 많은 나는 얼굴이 달아올라 땅속으로 숨어들고 싶었다. 떠오르는 노래가 없어 고민하다가 늘 대청마루에서 큰언니가 흥얼거리던 이 노래를 구슬프게 불렀다. 큰언니와 친했던 선생님은 언니를 만나 "아이 앞에서는 동요 좀 불러."라고 했다고 한다. 돌이켜보면, 큰언니는 내 생애에서 가장 먼저 만난 음악 선생이었다.

큰언니는 전쟁의 아이였다. 1949년 9월, 외갓집에서 태어났다. 엄마의 몸조리가 끝나고 묵신행을 했다. 묵신행은 혼례를 하고 친정에서 일정 기간 살다가 시가로 들어가는 것을 말한다. 본가로 들어와 피난을 갔다가 돌아오기를 반복하며 6·25 전쟁을 엄마의 등에 업혀 보냈다고 한다.

아래로 일곱이나 되는 동생들이 있었으니, 엄마가 들과 산으로 뛰며 삶을 건사하는 동안, 큰언니는 한 집안의 기둥이 되어야 했다. 그래서인지 내 어린 기억은 엄마보다 언니와의 추억이 더 많다.

나는 친구들보다 한 달 늦게 학교에 들어갔다. 친구들이 받아온 노란 빵을 먹고 싶어서 아버지를 졸랐다. 빵 한 조각 때문에 들어간 교실이었지만, 그 안에서 즐겁게 적응할 수 있었던 것은 오롯이 언니 덕분이다. 학교에서 돌아오면 언니는 나를 윗목에 앉히고 산수와 글자를 가르쳐 주었다. 책과 공책이 귀했던 시절, 언니의 눈빛과 손길이 나의 첫 교과서였다.

큰언니는 낭만적인 사람이기도 했다. 토요일, 하루에 한 대뿐인 버스를 놓치면 안 되기 때문에 나를 조퇴시켜서 여행을 가곤 했다. 나는 언니 손을 잡고, 언니는 내 손을 잡고 운일암반일암의 기암괴석을 보았고, 남원 이모할머니 댁을 찾았으며, 처음으로 기차를 타고 서울의 거리도 밟았다.

주말이면 마을을 돌던 사진사에게 나를 단장시켜 사진을 찍게 했다. 예배당에서 풍금을 치며, 냇가에서 말간 얼굴로도 찍었다. 때때로 숯불에 달군 쇠꼬챙이로 머리를 곱슬곱슬 말아 주고, 아까시 줄기로 소녀의 머리를 꽃처럼 만들어 주곤 했다. 그 손길은 내 삶에 작은 빛을 달아주었다. 이 모든 장면은 지금도 언니의 웃음과 함께 내 유년을 따스하게 물들여 주고 있다.

세월이 흘러, 큰언니는 다시 엄마의 엄마가 되었다. 고관절 수술과 장경색 수술로 누운 엄마를 모시겠다며 평생의 삶터를 접고 고향으로 내려왔다. 여든을 넘긴 형부와 함께 농사일을 배우며, 엄마의 성화를 달래느라 밭으로 나갔다. 고구마와 마늘을 심고, 깨를 심었다. 엄마 곁을 지키는 일, 엄마가 남긴 집을 지키는 일이 언니의 또 다른 운명이 되었다.

이제 엄마는 떠났다. 그 빈자리를 언니가 메우고 있다. 방에 들어서면 엄마의 그림자가 스치고, 장롱을 열면 여전히 엄마의 냄새가 배어 있다. 화단에서도, 장독대에서도 엄마가 사무치게 그리워 몸살을 앓는다. 그러나 언니는 떠나지 못한다.

"땅을 놀리지 말고 꼭 콩이라도 심어라잉."

엄마의 유언 같은 말씀이 언니를 붙잡고 있기 때문이다. 가파른 내리막길에서 수없이 넘어지고도 다시 일어서며 걸어온 큰언니. 당신의 삶은 언제나 다른 이의 짐을 대신 짊어지느라 고단했다. 누군가의 딸이면서 동시에 어머니가 되고, 언니이면서 동시에 선생이 되었다. 큰언니의 삶은 그 순환의 고리를 온몸으로 살아내고 있다.

사람은 받은 사랑에 머무는 존재가 아니라, 흘려보낸 사랑 속에서 조금씩 살아지는 존재다. 그 사랑은 피난길에도, 글자 한 자를 가르치던 손길에도, 엄마를 돌보는 손길에도 깃들어 세대를 넘어, 우리 기억 속에 고요히 이어진다.

예순 명이 넘는 친구들 앞에서, 부끄럼 많은 아이였던 나는 이 노래를 부르며 얼굴이 화끈거렸다. 그러나 지금은 다르다. 그 뱃사공은 언니이고, '님'은 바로 우리 가족이다. 언니는 평생 노를 저어 가족의 삶을 건네주었고, 그 강물 위에서 우리 모두를 싣고 오늘까지 데려왔다.

언니를 보면서 인생 후반전을 배운다. 인생의 참된 아름다움은 화려한 무대 위에 있는 것이 아니라, 누군가의 곁에서 묵묵히 짐을 나누고, 생의 무게를 감싸 안으며, 끝내 한 송이 꽃처럼 웃어주는 그 얼굴에 깃든다는 것을.

당신은 내 생애에서 가장 오래된 음악이며, 가장 깊은 강물이고, 끝내 나를 이 땅에 단단히 뿌리내리게 한 첫 노래다. 이제 나는 소망한다. 험한 물살 속에서도 굴하지 않고 노를 저어온 당신의 인생이, 이제는 꽃처럼 활짝 피어나기를. 고단했던 세월이 고스란히 꽃으로 피어나 당신의 미소 속에서 빛나기를.

참으로 고생한 당신, 이제는 당신이 웃을 차례다. 그 웃음이 강물 위의 햇살처럼 반짝이며, 당신의 남은 날들에 온쉼표 같은 여유를 불러오기를. 문득, 오래된 그 노래가 다시 들려온다.

두만강 푸른 물에 노 젓는 뱃사공, 흘러간 그 옛날에 내 님을 싣고~

(2025년 가을)

3부

귀한 사람

나의 봄에게
– 고3을 건너가는 딸에게 –

생기로운 딸아!

어느 시인이 노래한 에메랄드빛 하늘을 기대하는 가을 아침이다.

하늘이 맑을수록 사랑하는 딸이 더욱 생각나는구나.

금방 학교로 향했는데 웬 수선이냐고?

요즘 많이 힘들 것 같아서 네 마음을 노크해 본다.

다른 수험생들은 예민해져서 부모들이 힘들다는데 우리 딸은 배려심이 많아서일까?

긍정적인 자세에서 나오는 여유일까?

홀로서기를 하며 고3을 이겨내는 너를 생각하니 마음이 아려.

힘들면 엄마에게 의지하렴. 언제나 네가 기댈 어깨는 준비되어 있단다.

엄마 가슴이 넓다는 것 알지? 홀로 애태우지 말고 엄마에게 풀어놓았으면 좋겠구나.

엄마의 생기를 불어넣어 줄게.

영혼이 깨끗한 딸아!

이른 아침, 맑은 고요가 살며시 눈을 뜨는 시간에 일어나 들판을 바라보며 무슨 생각을 했니?

엄마는 창문을 열고 심호흡하는 너를 볼 때마다 맑은 영혼을 허락한 신께 감사했단다.

새빛아이라는 표현이 네게 어울릴 것 같았어.

간밤에 자기소개서 쓰느라 늦게 잤을 터인데도 일찍 일어나 식구들 잠을 깨우지 않으려고 살금살금 걸었을 우리 딸.

이렇게 다정다감한 네가 교사가 된다면 너를 만나는 아이들과도 좋은 관계를 유지할 거야.

초등학교 교사가 되어서 아이들과 함께 즐거운 교실을 만드는 것이 네 꿈이지?

정서적, 도덕적으로도 훌륭한, 사회에 이바지할 수 있을 인재들을 양성하려면 기초를 잘 닦고 싶다고 했어.

아주 어렸을 때부터 가꾸어 온 네 꿈은 분명 이루어지리라 믿는단다.

넌 꼬마둥이였을 때부터 친구들을 모아놓고 가르치기를 좋아했었어.

옆집 언니들도 모아놓고 동화책을 읽어주고

교회에서도 동생들을 상대로 춤과 노래를 가르치곤 했었지.

요즘에는 학교에서 친구들의 자기소개서를 첨삭해 주느라 바쁘다며?

그 말을 듣는 순간에는 화가 났단다.

자기 것 하기도 바쁠 텐데 오지랖 넓게 상관하느라 귀한 시간 낭비한다고 생각했어.

그러나 이기주의가 팽배하는 시대에 물들지 않는 순수한 네 모습을 볼 수 있어서

감사하는 마음으로 전환할 수 있었지.

꿈이 있는 딸아!

넌 초등학교 교사가 되어서 심리상담사 역할도 할 수 있도록 자격증에 도전한다고 했지?

한국사, 한국어 자격증도 취득하여서 아이들을 부족함 없이 가르치고 싶다고 했어.

나는 네가 따뜻하고 지혜로운 선생님이 되고 싶다고 했을 때 루시 모드 몽고메리가 쓴 「빨강 머리 앤」의 주인공 앤이 떠올랐지.

넌 초등학교 5학년 때 「빨강 머리 앤」은 물론 「레드먼드의 앤」, 「에이번리의 앤」까지 반복해 읽었어.

공유하기 좋아하던 네가 그 책만큼은 보관함 깊숙이 넣어두고서 아꼈어.

엄마조차도 손을 못 대게 해서 엄마는 도서관에서 빌려 읽어야 했잖아.

네가 초등학교 선생님이 되려고 한 배경에는 그 책의 영향이 제일 큰 것 같아. 그렇지?

넌 분명 멋진 선생님이 될 거야. 충분히 자격이 있어.

끝까지 흔들리지 말고 네가 원하는 삶을 이루어 가길 소원한다.

용기를 주는 딸아!

어느 날 네가 말했지. 엄마가 멋진 작가가 되는 것도 네 소원 중 하나라고.

그래. 엄마 마음 깊숙이 외면당하고 있던 새싹이 네 말에 힘입어 진초록 옷을 입기 시작했어.

드디어 햇살 아래 내놓고 튼실하게 키우기로 했지.

작가가 되는 것, 이것이 2011년을 사는 네 엄마, 나의 꿈이란다.

십 년이면 강산도 변한다고 했지. 십 년 정도면 딸아, 너도 엄마 곁을 떠나 보금자리를 만들었을까?

그때쯤에는 엄마는 작가로 활동하면서 자연을 벗삼아 삶을 수놓고 싶구나.

전주 시내 근교에 황톳집을 소박하게 지어 놓고 햇살과 바람도 드나들 수 있도록 뜨락도 준비하고 싶단다.

전면을 유리로 만들어서 개나리, 매화, 데이지, 복사꽃, 살구꽃을 시작으로 마편초, 봉숭아, 나비바늘꽃, 코스모스, 아스타 국화 등을 통해 계절을 맞이할 거야.

풀꽃들의 잔잔한 몸짓과 잡초들의 풀냄새도 맡을 수 있는 곳을 만들 수 있을 거야.

거기서 우리가 꿈 많았던 오늘을 얘기하며 웃을 수 있겠지?

여행을 즐기는 딸아!

네가 중학생 때였어. 미국 여행 중에 캐나다 몽고메리 언덕을 못 가봐서 아쉬웠다고 했지.

우리 머지않은 날에 몽고메리의 흔적을 따라 캐나다로 떠나보자.

이것도 엄마가 해보고 싶은 일 중 하나란다.

너와 함께 앤의 행로를 밟다 보면 또 다른 큰 꿈이 우리 삶을 생기롭게 할 것 같아. 그렇지?

그러기 위해서는 오늘부터 영어 공부도 하고 체력도 단련시켜야 할 숙제가 생겼구나.

우리 딸에게 멋진 동행자가 되려면 말이야.

기대해 보렴. 네가 한 여행 중 가장 기억에 남는 멋진 추억으로 자리하게 해 줄게.

노래를 즐겨 부르는 딸아!

엄마가 욕심이 많아서일까? 또 하고 싶은 것이 있단다.

네 아빠가 끄는 자전거 뒤에 올라타고 소양 냇가로 달려가는 것.

그때, *"난 네가 좋아하는 일이라면 뭐든지 할 수 있어~."* 하며 흥얼거렸던 아빠의 노랫가락을 다시 듣고 싶어.

이젠 좀 쑥스러워서 불러달라고 하기 민망하지만, 너와 나, 그리고 인호와 아빠가 자전거 여행을 한다면 다시 한번 가능하지 않을까? 그때는 너와 인호의 노래까지 환상의 하모니가 이루어질 것 같구나.

어때 동의하지? 네가 여유로워지는 올겨울에 연습하자.

그래서 내년 봄에는 벚꽃이 흩날리는 소양 길을 지나 송광사에 들러 연잎 차 한 잔 마시면서 인연을 이야기하고 우리 가족의 사랑을 확인해 보자.

거기에서 우리 가족이 십 년 안에 하고 싶은 일들도 계획해 볼까?

그리고 우리가 즐겨 불렀던 가족 노래인 「바람새」를 불러보자꾸나.

다가올까 사라질까 보이지는 않아도~

나는 바람새를 알아요~

저 파란 풀밭 위에 나래깃을 부비며~

응원을 잘하는 딸아!

네가 어떤 길을 택하든, 어떤 삶을 살든, 엄마는 언제나 응원할게.

때로는 세상이 너를 몰라줄지라도, 엄마는 네 안의 빛을 믿어.

그 빛이 희미해질 때마다, 엄마가 작은 등불이 되어 네 앞길을 비춰 주고 싶구나.

꿈을 향해 가는 길이 멀고 험하다고 느껴질 때, 잠시 멈추어 숨을 고르렴.

멈춘다는 건 포기가 아니라, 더 멀리 가기 위한 재충전의 숨결이라고 생각해.

너는 이미 충분히 잘하고 있어.

그저 오늘의 너를 다정히 다독이며 한 걸음만 더 나가면 될 거야.

기억하렴, 딸아.

세상은 네가 웃을 때 가장 환하게 빛난단다.

그 미소로 너의 하루를 채우고, 그 마음으로 타인의 하루도 따뜻하게 밝혀주렴.

네 인생의 모든 계절이 축복으로 물들기를 오늘도 엄마는 두 손 모아 본다.

세상 어디에 있든,

네가 엄마의 봄이야.

사랑한다. 딸아!

신묘년 구월 아침에, 널 응원하는 엄마가.

(2011년 가을)

삶이 들려준 세 가지 쉼표
- 음악 편지 -

사랑하는 딸에게.

오늘은 개교기념일이라 출근이 없어 네가 늦잠을 자려나 했
는데,

피아노 선율로 아침을 여는구나.

오늘따라 네 건반 위의 운율이 더 사랑스럽게 들려.

그 평화가 나에게까지 스며드는구나.

고맙다, 딸아. 이 평안이 아빠와 동생에게도 흘러가길 빌며
눈을 감으니 오래전 기억 하나가 떠올랐어.

네가 목이 부어 힘들어하던 날, 속히 낫기를 기도하며 흰죽

을 끓였지.

다섯 시간 불린 쌀을 참기름에 살짝 볶아 쌀뜨물을 붓고 뭉근히 저어가며 끓이던 그 순간,

솥 속의 물이 봉봉거리다가 보글보글 끓어올랐어.

네가 웃으며 말했지.

"엄마, 죽 끓는 소리가 참 예뻐. 듣기만 해도 뱃속이 편안해져."

그 말에 나도 알았단다. 소리는 단순한 배경이 아니라,

마음을 따뜻하게 품어주는 또 하나의 음악인 것을.

그날 이후 나는 소리의 의미를 다시 생각하게 되었어.

빗방울이 범부채 꽃잎 위에 떨어져 속삭이는 순간,

감나무 잎을 타고 내려오는 맑은 빗소리,

처마끝에서 처처록처처록 흘러내리는 빗물의 리듬까지

그 모든 소리가 삶의 작은 기도이자 숨결임을 알았어.

때로는 흉내 내지 못하는 새소리 앞에서 멈춰 서기도 했고,

풀을 매다 들려오는 뻐꾸기 울음에 눈물이 나기도 했어.

돌이켜보면 그 모든 소리가 나를 단단하게 키워온 삶의 합창이었어.

오늘 아침 네가 들려준 피아노 선율도 그래. 그것은 단순한 음악이 아니었어.

창문을 넘노는 햇살처럼 집 안 구석구석을 물들이며,
우리의 하루를 평화롭게 열어주었어.
나는 깨달았어.
삶은 언제나 우리 곁, 보이지 않는 곳에 응원의 음악을 깔아
두고 있다는 것을.

삶을 연주할 줄 아는 딸아,
삶은 음악과 닮은 것 같아.
때로는 격렬한 리듬으로,
때로는 잔잔한 선율로 연주하다가
고요히 멈추어야 할 때도 있단다.
그 쉼표들 속에서 비로소
진짜 삶의 멜로디가 완성되는 법이지.
앞서 걸어가는 엄마로서,
너에게 몇 가지 조언을 남길게.

첫째, 너만의 악기를 만들어봐.
누구나 자기만의 소리를 내야 해.
다른 이의 멜로디에 묻히지 말고,
네 마음의 떨림으로 세상을 연주해 보렴.
그러기 위해서는 한 박 쉼표만큼의 여유라도 자주 가져야 해.

잠시의 여백 속에서 비로소 네 고유한 음색이 깨어나거든.
바쁜 하루 속에서도 한 박의 쉼을 잊지 마.

둘째, 번역되지 않는 순간을 사랑해.
모든 소리가 악보에 적히지 않듯,
삶에도 말로 다 옮길 수 없는 순간들이 있어.
그때는 이분쉼표처럼 잠시 멈춰.
그 멈춤이 답이 되어 줄 때가 있단다.
'그럴 수도 있지.'라며 곁을 내주는 여유가 필요해.
그 여백이 삶의 울림을 더 깊게 만들어 주지.

셋째, 관계는 다채로운 화음이야.
사람 사이에는 음이 어긋날 때도, 박자가 어설플 때도 있어.
그래도 포기하지 말고 들어보렴.
그 모든 어긋남 속에서도 온쉼표 같은 시간이 꼭 필요하단다.
말을 멈추고, 다투던 마음을 잠시 내려놓는 긴 침묵의 시간
을 가져봐.
그 침묵이 지나면, 다시 새로운 화음이 태어날 거야.

딸아, 네 피아노 선율이 엄마의 하루를 밝히듯,
너의 삶도 쉼표와 음표가 조화롭게 어우러진

아름다운 악장이 되길 바란다.

사랑을 담아,
기해년. 오월의 어느 화창한 날에 엄마가.

(2019년 봄)

반짝이는 눈빛을 가진 Y에게

– 글쓰기를 권하며 –

비가 올 것 같아. 후텁지근하고 먹구름이 낮게 깔렸어.

눅눅한 날씨에도 먼 길을 달려온 구리시 '혼불낭독모임' 회원들의 안전이 걱정되었어.

그분들의 안전한 여정을 위해 마음을 모으며 하루를 시작했지.

이번 만남에 대한 설렘은 두 달 전, 강의를 부탁받았을 때부터였어.

남원 방언도 어렵고, 방대한 역사 자료와 깊이 있는 풍습 연구, 거꾸로 읽어낼 수 있는 역사의식과 삶을 안내하는 철학, 깊이 있는 묘사력까지 갖춘 『혼불』을 낭독하고 있다니, 애정이 더 생길 수밖에 없었지.

회원들은 최명희문학관의 지하에 있는 '비시동락지실'로 내려오는 계단에서도, 한쪽 벽에 걸린 글귀를 읽으며 한참 머물렀어.

이 공간에서 이렇게 오래 마음을 담는 사람들은 처음 봤지.

"가슴에 꽃심이 있으니 피고 지고 다시 피어."

"꿈의 꽃심을 지닌 땅, 전주."

"꽃심은 꽃의 중심, 꽃의 힘, 꽃의 마음."

모두 그 '꽃심'에 끌렸나 봐.

한 시간 반 동안 『혼불』과 작가 최명희에 대해 이야기를 나누었어.

풍속사 같고 방대한 역사서 같은 『혼불』은 진입 장벽이 너무 높지만, 여러 사람이 모여서 함께 읽고 토의 · 토론하면 값진 철학서와 같다는 것이 일반적인 의견이었어.

글을 쓸 때마다 손가락으로 바위를 뚫는 아픔을 느꼈다는 작가의 얘기를 하다가 질문을 받았어.

내가 쓴 책을 소개해 달라는 수강생의 말에 14년간 『혼불』 읽기 전도사로 살아오면서 정작 내 글은 쓰지 못했다는 부끄러움이 밀려왔어.

갈팡질팡하는 사이에 훌쩍 십여 년 넘게 흘러버렸지.

생활형 강사였으니 현실에 굴복하며 살아왔고,

엄마로, 아내로, 며느리와 딸로, 누나와 동생으로

착한 척, 괜찮은 척, 즐거운 척, 무탈한 척 위장하며 살아온 내가 미웠어.

이렇게 구차한 핑계를 대는 내가 가련하기도 했고.

내 꿈을 외면하고, 마치 내가 아니면 주변이 안 될 것 같은

불안과 오만으로 희생을 남용했던 것도 돌아보았어.

더군다나 우쿨렐레, 시 낭송, 시 쓰기, 동화 쓰기, 운동, 노래 등 다양한 곳으로 오락가락하며 세월을 흘려보낸 것도 있었어.

한 우물을 파지 못한 거지.

오늘 아픈 네가 보내온 글을 보면서,

너만큼은 갈팡질팡하지 않았으면 좋겠다는 생각이 들었어.

네가 걷는 길에 등불을 켜주고 싶은 마음이었지.

그래서 하는 말인데 글쓰기를 미루지 않았으면 해.

네 글은 읽는 이를 끌어당기는 힘이 있어.

그 나이와 공간으로 독자를 환치시키고,

함께 아파하며 위로받는 느낌이 있어.

지금이 적기라는 걸 깨닫고 몰입해 보렴.

매일 아침 일어나 한 단락이라도 네 마음을 기록해 봐.

너의 꽃에 물을 주고, 햇빛을 쏘이고, 바람을 견디게 한다면

너의 꽃심에는 위로와 평안, 기쁨, 뭉클함이 피어날 거야.
글을 쓰면서 상처가 치유될 수 있거든.

캄캄한 동굴 속에서 답답했을,
홀로 자신을 키우느라 애가 탔을 너에게 이제는 햇살을 내려 주길.
햇살이 네 어깨 위에 내려앉을 때, 그 빛으로 네 마음도 환해지겠지?

오늘 귀한 방문을 받고 또 네 편지까지 받고 보니 내가 서 있는 위치를 다시금 확인하게 되었어.
어딘가에서 먹구름이 낮게 깔리고, 후텁지근한 공기 속에서도 누군가는 길을 걷고 있겠지.
그 길 위에서 네가 흔들리지 않기를, 비가 와도 젖지 않기를, 무사히 하루를 건너가길 바라며 나는 다시 마음을 모은다.
안녕.

경자년 오월에 S가
(2020년 봄)

멈춤의 길 위에서

– 구이저수지 둘레길을 걸으며 –

어느 날 갑자기 몰려드는 외로움이 있다. 바쁘게 움직이다가도 문득, 모든 것의 의미가 퇴색되고 성가셔서 주춤거려질 때가 있다. 그 무엇도 손에 잡히지 않고 마음이 둥둥 떠다니는 날. 그런 날은 햇볕 다사로운 흙길을 걸어보면 어떨까?

강추위에도 얼어 죽지 않고 납작 엎드려 온몸으로 찬 기운을 받아들이는 소리쟁이나 지칭개, 보랏빛으로 단단히 무장한 냉이, 배배 말라버린 채로 씨앗을 달고 있는 잡초들을 마주한다면, 그들의 소리 없는 질책이 멍한 의식을 깨워주지 않을까.

흔들리는 외로움을 견고한 고독으로 승화시키고 싶어서 곁에 있기만 해도 평안해질 수 있는 사람을 찾았다. 그와 함께 구이저수지 둘레길을 걷기로 했다. 그럴 수 있는 한 사람이 있다는 것만으로도 이미 위로가 된다. 함께 걸으면 다시 일상으로 돌아올 수 있는 원동력이 생길 것이다.

　시작점은 완주군 구이면 덕천리에 있는 '대한민국 술테마 박물관'이다. 전주에서 출발할 때는 날씨가 궂어 혹시 비를 만날까 조바심이 일었다. 오전 10시, 해가 몸을 서서히 풀어내기 시작한다. 먹구름이 걷힌 겨울 하늘은 더 드높고, 고추바람도 잠들었는지 걷기에는 더없이 좋은 날이다.

　박물관 전시장은 코로나19로 인해 임시 휴관이라니 아쉽다. '한 방울의 물에서 시작하는 술'을 표현했다는 동그란 모양의 건물을 바라본다. 높다. 약간 아득하다. 코로나19 시대에 가까이할 수 없는 우리처럼 격리되어 있다.

　박물관을 등지고 구이저수지 둘레길로 내려선다. 양옆으로 쭉쭉 뻗은 소나무들이 기지개를 켜며 맑은 숨을 쉰다. 그 향기를 받아 마신다. 하나, 둘, 셋. 마신 숨을 폐부 깊숙이 밀어 넣고 잠깐 멈춘다. 온몸을 돌아 나온 숨을 하나, 둘, 셋, 넷, 다섯, 서서히 내쉰다. 얼굴을 감싸는 바람이 명지바람처럼 보드랍다. 돌아오는 신축년에는 마스크를 쓰지 않고 이 공기와 바람을 온전히 누릴 수 있기를 바라며 내려가니, 경각길과 모악길의 갈림길이 나온다. 아들을 낳고 싶은 사람은 경각길로, 딸을 낳고 싶은 사람은 모악길로 가라 한다. 경각산(鯨角山)은 고래의 형상을 가진 산으로 남성을 상징하고, 모악산(母岳山)은 어미가 아이를 안고 있는 바위가 있는 산으로 여성을 상징한다.

먼 옛날 경각산이 모악산에게 청혼하였고, 그 결실로 생명의 근원이자 풍요의 상징인 구이저수지의 물이 풍성하게 차올랐다는 전설이 흐른다. 이런 까닭에 이곳에서는 사랑이 이루어진단다. 우리는 모악길에서 출발해 경각길로 돌아오기로 했다.

구이저수지는 봄이면 아름드리 벚나무의 향연이 펼쳐져 봄을 만끽할 수 있다. 여름에는 나무들이 만들어 놓은 그늘이 풍성하여 더없이 시원하게 산책할 수 있다. 특히 가을에는 구이면에서 걷기 행사가 열리니 온 가족이 함께 참여해도 좋을 것이다. 아쉽게도 8회째인 올해는 코로나19로 인해 행사를 할 수 없었다. 어디나 코로나19에 잠식되어 답답하다. 속히 이 검은 태풍이 물러가기를 바랄 뿐이다.

저수지 주변의 판잣길을 걷다 보면 윤슬의 반짝거림이 눈부시다. 그 반짝임에 덩달아 마음도 반짝인다. 다시 능선으로 이어지는 흙길. 오르고 내리기를 반복하며 걷는다. 대숲을 지나 내려서자, 여러 대의 낚싯대가 주인 없이 물에 담겨 있다. 누가 잠시 강태공이 되어 여유를 낚고 있었던 것일까? 빈 의자 위로 늦가을 햇살만 노닐고 있다.

낚시터를 지나자 일흔을 넘긴 듯한 부부가 손을 잡고 천천히 걷는다. 분홍 남방에 청바지 차림의 남자, 호호백발에 갈색 선글라스를 걸쳤다. 그의 아내인 듯한 여인 또한 분홍 티에 청바지를 입었다. 이들의 젊은 가을이 참 멋스럽다. 이팔청춘의 남녀를 만난 것보다 더 반갑다. 눈인사를 나누고 앞서 걷는데, 문득 나도 훗날 저런 아름다운 풍경을 그려낼 수 있을까 염려가 된다. 신체 리듬이 흐트러질 때가 많은 요즘의 상태로는 다소 미심쩍다.

구암마을과 전망 쉼터 방향으로 갈림길이 나온다. 우리는 감나무가 있는 전망 쉼터 쪽으로 향한다. 파란 하늘 아래 붉은 까치밥 하나. 하나여서 더 애잔하고, 농부의 마음이 걸려 있는 감이 더욱 정겹다. 감나무 밑동에는 울퉁불퉁 몸부림친 흔적이 남아 있다. 어릴 적 아버지도 고욤나무에 감나무를 접붙였다. 어린 나는 궁금했다.

'왜 감나무는 홀로 서지 못하고 고욤나무의 뿌리를 얻어야만 할까?'

'왜 고욤나무는 감나무로 변신해야만 할까?'

"살다 보면 네 뜻대로만 살 수 없을 때가 있어. 그때는 과감히 삶의 방향을 바꿔 봐. 여기 고욤나무처럼 맛있는 열매를 얻기 위해 밑동만 남기고 다 버릴 줄도 알아야 하는 거야. 더 많이 가지려는 마음을 버리고, 불필요한 욕심과 집착을 비워야 진짜 '나'가 자랄 수 있어."

아버지의 음성이 들리는 듯하다.

코로나19를 겪는 이 시기가 바로 변화의 때임을 안다. 급속도로 변화하는 지금, 나는 무엇을 버리고 무엇을 선택해야 할까. 이 변화의 물결을 타고 넘어설 수 있는 지혜와 결단력, 그리고 실천력이 필요함을 접목된 감나무를 보며 깨닫는다.

앞서 걷던 그가 흥얼거린다. *"내 속엔 내가 너무도 많아 당신의 쉴 곳 없네."*

시인과 촌장이 부른 「가시나무」이다.

"내 속엔 내가 어쩔 수 없는 어둠, 당신의 쉴 자리를 뺏고~."

그는 군대 첫 휴가 때, 음향 시설을 완벽히 갖춘 친구의 방에서 이 노래를 들으며 전율을 느꼈단다. 살면서 때때로 울림을 주며 자신을 돌아보게 하는 노래라고 했다.

내 안에도 내가 너무나 많다. 조절할 수 있는 나와 버거운 나, 사랑스러운 나와 마음에 들지 않는 나. 물위에 흐르는 노랫말처럼, 저수지 위 청둥오리들이 떼를 지어 부산스럽게 몰려간다.

흥얼거리다 보니 구이저수지 제방길로 빠져나온다. 출렁다리를 지나 호수마을을 거쳐 망산마을을 통과하고, 다시 산길로 접어들어 술박물관까지 8.8㎞. 그와 함께 걸었기에 무리 없이 완주할 수 있었다.

시야가 툭 열린다. 문득 올려다본 하늘에 거대한 새 한 마리가 난다. 겨울바람을 타고 패러글라이딩을 하는 사람들이다. 하늘을 난다는 건 어떤 기분일까? 저기 경각산 활강장에서 출발

직전 벌벌 떨며 긴장했을 그들이 따다닥, 3초만 달리면 부웅 떠오르겠지. 구이저수지를 담은 풍경과 구암, 칠암, 태실, 광곡, 평촌 등 정겨운 마을들을 내려다보며 날아간다. 기상이 허락하면 서해안이나 마이산까지도 볼 수 있다니, 저기 경각산 마루에 서서 모악산으로 넘어가는 노을까지 볼 수 있다면 그야말로 인생 최고 장면일 것이다. 나도 이순(耳順)이 되기 전에 가슴 뛰는 저 경험을 해보리라.

삶에 지칠 때면, 이 둘레길을 걸으며 새 힘을 얻는다. 어쩌면 불청객이라 여겼던 코로나19로 인해, 우리 삶과 삶 사이에도 잠시 쉬어가야 할 사잇길이 생겼다. 이 길이 끝나면 곧 큰길이 나올 것이다. 마음껏 호흡하며 날 수 있는 그날을 위해, 신선한 공기를 마음껏 마신다.

(2020년 늦가을)

금 한 돈 반의 사랑
- 엄마들의 약속 -

2021년 10월 2일 10시 30분! 딸이 시집가는 날이다. 잡아 놓은 날은 빨리 온다더니 요즘 말로 '순삭'이다. 아직도 품안의 딸 같은데 시집을 간다니 실감이 나지 않는다. 상견례를 하면서 결혼 날짜를 정하고 약식이기는 하나 예단함이 오가며 새 보금자리에 들어갈 살림살이까지 둘이 알아서 준비했다. 엄마, 아빠는 건강하고 예쁘게 결혼식장에 앉아만 있어 주어도 감사하단다. 우리는 뒤에서 약간의 지원금을 주며 응원만 하면 됐다. 참 신경 쓸 일이 없어서 딸을 시집보내는 건지 사위가 장가를 오는 건지 감각이 없었는데, 당일이라니.

이른 새벽 5시 30분까지 결혼예식 전문업체인 '마리힌'에 도착했다. 화장하고 머리를 올린 후 한복을 갖춰 입고 팔복동에 있는 '더 메이 호텔'로 가면 된다.

한 시간 먼저 출발한 딸은 화장이 마무리되고 있었다. 연예인이나 미스코리아 진보다 예쁘다. 자식 자랑은 팔불출이라지만 예쁜 건 예쁜 거다. 보내기 아깝다는 생각이 스멀거린다. 결혼 준비를 하느라 빠진 건지 일부러 더 뺀 건지 턱선이 확연하게 드러나고 이목구비가 뚜렷하니 누가 봐도 한 번 더 바라볼 미모다.

새신랑도 더 잘생긴 모습으로 신부를 기다리고 있다. 차분하고 진지한 모습, 너그럽고 자상한 모습을 보니 정 많고 섬세한 딸을 맡기기에 믿음직스럽다. 아, 이제 오늘부터는 저 청년이 우리 딸의 보호자가 되는구나. 아침에 일찍 일어나 밥을 먹여 출근시키려고 서두를 일도 없겠다. 귀갓길에 마중을 나가 서성일 일도, 피자나 달콤한 빵 대신에 채소나 과일 위주의 건강식을 먹으라고 잔소리할 일도 없겠지. 직장에서 속상한 일들이나 재미있던 일들도 저 청년과 나누겠구나. 딸이 점점 멀어져 가는 느낌이 든다. 딸 위주로 흘렀던 시간은 이제 나를 위한 루틴으로 만들어도 되겠는걸. 편해지겠는데 왜 허전함이 밀려오는 걸까. 콧등이 시큰해지며 또르르 눈물이 흐른다. 화장을 하기 전이라 다행이다. 딸이 알아채기 전에 얼른 고개를 돌린다. 눈물을 훔쳐낸다.

사흘 전부터 딸과 한 이불 덮고 자면서 예행연습을 했다. 결혼식장에서는 절대 울지 말자고, 화장이 엉망이 되고 검은 눈물을 흘리는 불상사는 만들지 말자고 코맹맹이 우는 소리로 우리 둘은 다짐했다. 그렇게 예쁜 얼굴을 위해 약속했는데 내가 먼저 울다니 주책이다.

남편이 말없이 어깨를 다독인다. 나는 담담함을 선택하려 노력한다. 못 해 주고 아쉬웠던 일들은 묻어 두자. 사춘기와 갱년기가 만나서 오지게 싸웠던 일들이나 진로를 놓고 대립이 심해 서로 담을 쌓았던 일들도 잊자. 오히려 한근심 덜었다고 최면을 걸자. 결혼해서 좋은 점만 떠올리기로, 결혼식장에서 많이 웃으면 좋은 일도 많이 생겨날 거라고 애써 웃을 항목을 찾는다. 딸이 어렸을 적 동생의 코피를 터트린 일이나, 생일에 친구들을 초대해서 춤을 추고 노래하던 꼬맹이 모습이, 수수한 화장으로 더욱 귀티 나는 딸의 얼굴에 겹친다.

이십 분을 달려 결혼식장에 도착했다. 입구에 들어서니 예식장 스크린에 딸과 사위의 영상이 연이어 나온다. 효자동에 있는 황강서원에서 한복을 입고 찍은 사진들은 사극을 보는 듯하다. 청사초롱을 들고 예스러운 주택 대문 앞에 서 있는 신랑과 신부의 고풍스러운 모습, 벚꽃 아래서의 화사한 부부, 유럽풍의 건축물 앞에서의 세련된 둘의 모습들이 들어서는 이들의 발걸음을 멈추게 한다.

여기저기서 탄성이 터진다. 어깨가 으쓱해진다. '예쁘죠? 제

딸이에요. 오늘 시집간답니다. 축하해 줘서 고마워요.' 마음속의 말들이 튀어나오려는 것을 참느라 애쓴다.

신부 대기실에 들어서니 딸이 보인다. 바깥사돈과 안사돈, 시누이가 딸과 사진을 찍고 있다. 연신 미소가 피어나는 바깥사돈은 며느리 사랑이 지극할 것 같다. 맑게 빛나는 눈동자에 자애로움도 가득하다. 귀여움 가득한 시누이도 인상이 선해서 마음이 놓인다. 그런데 안사돈의 진지하면서 말 없는 표정, 굳게 다문 입술을 보는 순간 나도 얼굴이 굳는다. 퍼뜩 신부 수업을 제대로 시키지 못했음을 깨닫는다. '우리 딸이 사과나 제대로 깎아 낼 수 있을까? 밥이나 국, 찌개는? 김치찌개라도 더 맛있게 끓일 때까지 가르쳐야 했어. 행여 시어머니 눈 밖에 나면 어떡하지?' 갖은 걱정이 앞선다.

사진을 찍던 안사돈이 나에게로 다가온다. 조심스럽고 얌전한 걸음걸이에서 기품이 느껴진다. 나도 실수하지 않으려고 옷매무새를 고치고 마주한다. 그녀는 나를 살그머니 한쪽으로 이끈다. '뭐지? 내가 뭐 잘못한 것이 있을까?' 걱정에 사로잡힌다.

"사돈은 괜찮으세요? 전 너무 떨리네요. 우황청심환까지 먹었는데도 심장이 벌렁거리고, 다리가 후들거려요. 너무 긴장되어서 머리까지 지끈거리네요."

안사돈의 순수한 마음이 귀엽게 다가온다. '아, 깐깐한 성품이어서 얼굴이 굳어 있나 생각했는데 떨려서 그랬구나.' 마음이 놓았다. 안사돈의 긴장한 마음이 내게도 전해진다. 힘을 모아 안사돈의 손을 잡는다.

그녀가 내 손을 펼치고 뭔가를 약지에 끼운다. 반짝이는 금가락지다. 쌍가락지 중 한 짝이다.

"우리도 커플링 나눠 끼면서 오늘을 기념할까요? 약소하지만 제 마음이에요. 사이좋게 지내요, 우리."

그녀의 손가락에도 똑같은 반지가 반짝거린다. 나는 할말을 잃었다. 서로 간소하게 하자고 합의된 터라 전혀 생각지도 않았다. 안사돈의 이런 소중한 마음을 담은 깜짝 선물을 받으니 울컥, 감동이 밀려온다. 어? 울지 않기로 했는데 가슴이 요동친다. 안사돈의 사랑이 손가락 끝에 걸려 있다. 나에게로 오는 순간, 사돈의 사랑이 무한한 가치로 내 마음을 빛내 주고 있다. 반짝반짝. 금 한 돈 반의 사랑이, 감히 무게로 잴 수 없는 사랑의 의식이 딸을 시집보내는 허전함을 찬란하게 채색했다.

여전히 떨고 있는 안사돈의 손을 잡고 화촉을 밝히러 들어갈 때는 하나, 둘, 하나, 둘 보조를 맞추면서 걸었다. 이런 인품을 가진 분들을 어버이로 모시고 살아갈 딸의 앞날이 보인다. 사랑을 듬뿍 받으면서 평안할 거라는 예감으로 걸음이 날개를 단 듯 사뿐거린다.

하나, 둘, 하나, 둘. 잘 가라 딸아, 잘 왔다 사위!

(2021년 가을)

두 번째 약속
— 30년 만의 리마인드 웨딩 —

시집간 딸의 결혼 1주년이 되었습니다. 2박 3일 동안 서울 호텔에 머물면서 기념사진도 찍고 뮤지컬을 감상하고 전시회도 보기로 했답니다. 요즘 유행어로 호캉스라나. 참 예쁜 신혼이구나, 생각했습니다. 최선을 다해서 일하고 또 쉴 줄 아는 멋쟁이들입니다. 더군다나 아이들이 여행을 가기 전에 우리에게도 선물을 안겨 주었습니다.

우리의 결혼 30주년을 축하하면서 리마인드 웨딩(remind wedding)을 하자고 했습니다. 말로만 듣던 리마인드 웨딩을 나도 한다니 신이 났습니다. 그러나 기대와 설렘으로 달뜬 저와 달리 남편의 반응은 냉담했습니다.

"흰 머리카락이 이렇게 가득한데 무슨 사진이야. 귀찮게."

"아빠, 요즘엔 다들 이런 사진 남겨요. 엄마, 아빠도 기념하게요."

"꼭 해야만 돼?"

"한 삼십 분만 시간을 내봐요."

"썩소를 날려야 한다는 거지? 성가시게."

썩소! 왜 이 한마디가 가슴을 찔렀을까요? 예전처럼 뜨거운 사랑이 남아 있을 거라고 기대는 안 했지만, 아내의 마음을 눈곱만치도 헤아리지 않는 남편의 말본새에 기분이 상했습니다.

"흥, 나도 싫어. 시커먼 아저씨가 뭐가 좋다고."

오기가 가득 찼습니다.

"그래, 피차 잘됐네. 그까짓 사진 한 장이 뭐라고 야단법석을 떨어."

남편이 나보다 더 세게 나왔습니다. 자존심이 상했습니다. 그래도 다시는 없을 이 기회를 놓치고 싶지는 않은데 남편 마음을 돌릴 방법이 떠오르지 않았습니다. 다행스럽게도 아이들은 예약금을 돌려받을 수 없다는 핑계를 대며 계획대로 진행했습니다.

결국엔 염색도 하지 않은 하얀 머리의 아저씨와 신혼 때보다 10kg 이상 살이 오른 펑퍼짐한 아줌마는 촬영장에 갔습니다. 결혼예식 전문업체인 '마리힌'에 전시된 드레스는 휘황찬란했습니다. 그러나 그림의 떡이었습니다. 나잇살로 치부하며 포기했던 뱃살 때문에 공주 같은 드레스를 입어볼 엄두가 나지 않았습니다.

"아니, 저 드레스를 입는다고? 가슴인지 뱃살인지 그렇게 빵빵해서 옷이 터지겠네."

또 내 자존심을 건드리는 남편의 독화살에 약이 올랐습니다. 그러잖아도 아줌마를 넘어서서 할머니가 되어가고 있음을 절감하면서 괜한 짓을 한다 싶었는데 '확인 사살'까지 해대다니. 역시 내 편이 아니라 남의 편, 남편이 맞습니다.

그런데 이게 웬일입니까? 매니저님이 골라 준 드레스는 나를 위한 것이었습니다. 뱃살도 사라지고 신데렐라가 된 듯 화려한 변신이 이루어졌습니다. 전문가가 해 주는 신부 화장도 변장 수준이었습니다. 농장 일로 가무잡잡해진 피부가 뽀얗게 살아나고 지쳐 있던 눈빛까지도 초롱초롱해졌습니다. 눈 밑에 자글자글하던 주름살도 사라지고 콧날도 오뚝 섰습니다. 갑작스러운 변화는 내 눈을 더 크게 만들었습니다. 내가 봐도 내가 참 예쁘고 사랑스러웠습니다.

촬영장으로 들어서니 거기에는 37년 전 남자 친구가 있습니다. 훤칠한 키에 쏙 들어간 뱃살. 뽀얀 피부에 오뚝한 콧날, 자신감이 넘치는 청년. 암청색 양복이 모델처럼 잘 어울리는 그이가 있었습니다. 다시 그를 살펴보게 되더군요. 갱년기를 겪는지 기운이 없고 만사를 귀찮게 여기던 그 남자가 아니었습니다.

아, 스물한 살의 청춘을 함께했던 그이였습니다.

우리는 사진작가가 요구하는 대로 여러 자세를 취했습니다. 손을 맞잡거나 등을 맞대고, 일어서거나 앉기도 하면서 찍었습니다.

"신랑은 신부에게 꽃을 바치세요."

탁자 위에 놓인 꽃을 가리킵니다. 꽃을 받아본 지가 언제였나, 까마득합니다.

"아, 꽃을 드리면서 그렇게 화난 표정을 지으면 어떡합니까?"

사진작가가 핀잔을 줍니다. 시간이 지나는 동안 얼굴이 더 굳어집니다. 다시 오른 무릎을 꿇고 두 손으로 꽃을 주는 동작을 취합니다.

"사랑이 뚝뚝 떨어지는 눈빛으로 서로를 응시하세요. 좀 더 자연스럽게."

사진작가의 요구는 너무 어려웠습니다. 이 나이에 웬 사랑 타령. 웃는 건지 마는 건지 입가의 근육들이 어설픕니다. 푸르르푸 푸르르푸 입술을 풀어 보고 윗니 아랫니 둘 다 드러나도록 거울 앞에서 웃는 연습을 했습니다.

"오호, 신부님 미소는 백만 불입니다. 자연스러워서 그대로만 하면 됩니다."

한마디 칭찬에 어깨가 으쓱 올라갔습니다. 사위 앞이라서 조금 쑥스러웠는데 이젠 배우가 된 듯 아이들이 지켜보고 있는 것도 의식되지 않았습니다. 그러나 그이의 억지웃음을 보는 순간 푸하하하 폭소가 터지고 말았습니다. 입꼬리를 억지로 올리는 그의 미소는 2%가 부족했습니다. 마치 인조인간처럼 무미건조한 회색 웃음이었습니다. 그야말로 썩소였지요.

"아빠, 어쩔 수 없어요. 아빠는 함박웃음을 도둑맞았어요. 너무 철학적으로 사셔서 그래요. 대충 사시지."

딸의 말에 헛웃음이 나오나 봅니다. 한결 분위기가 부드러워졌습니다. 다행히 끝나갈 무렵엔 그도 웃는 표정이 자연스러워졌습니다. 37년 전 비 오던 수요일의 표정이었습니다. 요즘 유행하는 말로 썸을 탈 때였지요. 다섯 손가락의 「수요일엔 빨간 장미를」이라는 노래가 유행했을 때였습니다. 그이는 비 오는 수요일이면 중노송동에서 동부시장, 시내, 남부시장까지 꽃집을 돌며 빨간 장미를 찾아다녔지요. 겨우 한 송이를 구해서 내게로 달려왔을 때의 표정이 리마인드 웨딩을 하며 다시 살아났습니다.

한 시간 만에 우리는 타임머신을 타고 연애 시절로 돌아갔습니다. 무료하고 무기력해지고 무감각했던 무채색의 일상에 연두의 싱그러움이 입혀지기 시작했습니다. 고목에서 새순이 돋아나는 여린 연두의 물결처럼 중년의 심장도 다시 뛸 수 있지 않을까 설렙니다.

갱년기의 어두운 터널을 터벅터벅 걷고 있던 우리 부부에게,

신선한 바람을 불어넣어 준 리마인드 웨딩은 저물어 가던 심장을 다시 뛰게 한 청춘의 회복제였습니다. 아이들도 언젠가 우리처럼 두 번째 약속인, 리마인드 웨딩을 찍을 날이 오겠지요. 그때 알겠지요. 인생이 그리 길지 않다는 것을. 그리고 연초록 사랑이 스타카토처럼 삶의 결마다 콕콕 찍혀 오래도록 남을 수 있다는 것을요.

(2022년 가을)

연서
− 인생 레시피 −

사랑하는 아들아.

오늘은 깻잎쌈밥을 만들었단다.

새벽에 일어나 출근하는 네가 간단히 먹고 갈 수 있도록.

엄마가 예전에 모악산을 오르던 날들처럼 후닥닥 준비해 본 뚝딱 요리지.

깻잎을 끓는 물에 살짝 데쳐 물기를 빼고,

잘게 썬 양파와 김치를 볶아.

여기에 밥을 넣고 기름기를 뺀 참치와 쌈장, 참깨, 들기름을 섞어 조그만 주먹밥을 만들었어.

그것을 깻잎으로 돌돌 싸면 끝이야.

우리는 이 음식에 추억이 많지?

네가 남미로 두 달간 여행을 떠나던 날이 생각나는구나.
낯선 기후와 문화 속에서 고생할 너를 떠올리며,
제일 먹여주고 싶었던 것이 영양 만점 깻잎쌈밥이었어.
남미의 여러 나라를 돌면서 넌 12kg이나 빠져서 돌아왔지.
쉽게 포만감을 주면서도 개운한 음식을 찾기에 먼저 이 음식
을 해 주었어.
고국에 대한 갈증을 조금이나마 채워 줄 것 같았거든.

지난여름에 환갑 기념으로 제주 여행을 갈 때였어.
악천후로 비행기가 네 시간이나 연착되어서 우리는 난감했
지.
다행히 새벽에 챙겨둔 깻잎쌈밥이 얼마나 긴요했던지.
그때 맛있게 먹던 네 모습이 사랑스럽더구나.
어릴 적 천진난만한 네 얼굴이 겹쳐 보였지.

네가 늘 "엄마가 만든 음식이 제일 맛있어요." 하던 그 말,
엄마는 지금도 잊지 않는단다.
친구 집에서 호박전을 먹고
"우리 엄마표 빨간 부침개가 더 맛있어요." 했던 너.

그 '빨간 전'은 잘 익은 김장김치가 들어간 김치부침개였지.

할머니표 김장김치는 양념을 최소화하여 깔끔하고 감칠맛 나는, 익을수록 맛이 깊어지는 특별한 김치였어

그 김치로 만든 부침이나 찌개는 일품이었지.

유치원 시절엔 매주 한 번씩 김밥을 쌌어.

야외활동이 많았으니까.

선생님들 몫, 친구들 몫까지도 준비한 그 김밥은 엄마표라서 더 인기였어. 단무지, 우엉, 당근, 시금치, 계란지단, 맛살을 넣어 돌돌 말면 돼.

누구나 할 수 있는 김밥이지만, 맛은 흉내 낼 수 없었지.

그 비밀이 뭔지 알려줄까?

바로 향기쌀이야.

백운 할아버지는 여든이 넘도록 향기벼를 손수 농사지으셨어.

우리 육 남매에게 맛있는 쌀을 주고 싶어서 다른 벼들보다 수확량이 적어도, 굳이 그 벼농사를 지은 거야.

그 쌀로 밥을 하면 온 집안에 향기가 퍼졌어.

그 향만 맡아도 배가 불렀지.

부재료도 농약을 쓰지 않은 신선 식품이었으니

그 맛을 따라올 수 없었을 거야.

요리를 좋아하던 아들아.

네가 다섯 살 때 요리 프로그램에 참여해

빵과 케이크를 만들던 모습이 아직도 눈에 선하네.

집에서도 함께 통닭을 튀기고, 피자를 만들고, 식빵과 도넛을 만들며 네 작은 손이 반죽을 빚던 그 날들.

누나는 책을 읽으러 방으로 들어갔지만

넌 끝까지 엄마 곁에서 조잘조잘 말을 걸며 함께했지.

어린데도 든든했던 네가 훌쩍 자라서 해병대에 입대한다고 했을 때, 엄마의 심장은 또 한 번 쿵쾅거렸단다.

강화도, 백령도, 석모도, 대청도의 바다와 별들 속에서 외로움을 다스릴 줄 아는 사나이로 돌아왔을 때,

엄마는 기쁘면서도, 10㎏ 넘게 빠진 네가 안쓰러워 된장찌개며 통닭, 김밥, 피자를 다시 해 주고 싶었어.

거기에 이 깻잎쌈밥은 필수였고.

이제 결혼 적령기에 있는 네게

엄마가 앞서 걸어본 선배로 세 가지 마음을 전하고 싶어.

첫째, 정성이야.

깻잎쌈밥을 만들 때 한 장 한 장 정성껏 싸야 모양이 곱듯이,

부부의 삶도 정성을 바탕으로 해야 한단다.

먼저 물을 떠다 주고 먼저 숟가락을 놓을 수 있는 작은 정성이 삶을 단단히 붙들어 주지.

둘째, 익을수록 깊어지는 맛을 낼 줄 알아야 해.

김장김치처럼 사랑도 세월 따라 깊어져야 해.

처음엔 함께 있는 것만으로도 즐겁겠지만

함께 겪는 시간과 어려움 속에서 그것을 극복할 때, 비로소 깊은 맛이 난단다.

순간의 즐거움보다 오래 묵히는 인내와 신뢰가

사랑을 지켜주는 힘이 될 거야.

셋째, 나눔의 향기를 간직하길.

엄마표 김밥이 많은 이들에게 사랑받은 것은 단순히 맛 때문만이 아니었어.

나누는 기쁨이 전해졌기 때문이야. 가정을 꾸리면 물질이든 시간이든 나눔을 실천해보렴.

이웃과 소외된 자들에게 베푸는 작은 나눔이 큰 행복으로 돌아올 거야.

아빠가 했던 것처럼 목욕 봉사나 청소, 이런 육체적인 봉사도 좋다고 생각해.

사랑하는 아들아.

네가 즐겁게 요리하던 어린 날처럼

결혼이라는 새로운 삶도 적극적으로 즐기며 배워 가길 바란다.

정성으로 관계를 빚고, 시간이 더해질수록 깊어지는 사랑을 맛보며, 사회를 향한 따뜻한 기여를 통해 향기로운 삶을 살아가렴.

그 길 위에서 너와 아내가 지어갈 가정은 반드시 아름답게 완성될 거라 믿는다.

사랑한다, 아들!

깻잎쌈밥을 만들며,

여름을 통과한 햇살이 유난히 사랑스러운 날에, 너를 사랑하는 엄마가.

추신) 그런데 애인은 있니?

(2025년 가을)

사람이 온다는 것
— 가족이 된다는 기적에 대하여 —

든든한 사위, 햇살 아빠!

너를 만나기 전 나는 상상을 하곤 했지.

어떤 꿈을 품고 살았을까? 어떤 음식을 좋아할까? 호탕한 성격일까, 내 딸과 마음이 맞을까?

정현종 시인의 말처럼 '사람이 온다는 건 실은 어마어마한 일이라는 것'을 더욱 실감했어.

기대와 설렘으로 기다리다가 드디어 너를 만났지.

처음 보았을 때, '참 진실한 청년이구나. 됐다!' 싶었어.

특히 투박하고 거칠면 어쩌나 걱정했는데,

자분자분 말도 잘하고, 섬세하고 자상했어.

가끔은 빵빵 웃음을 터뜨리는 유머도 있더구나.

그러면서도 요즘 말로 낄끼빠빠의 대가였어,

적당한 거리를 유지하며 우리 사이의 어색함을 풀어주었지.

네가 오면 무채색이었던 공간이 싱그런 연두가 되었다가 화사한 다홍으로 변하곤 했단다.

너희 둘이 서로를 대하는 모습은 늘 애틋했어.

여행하며 추억을 쌓고, 사진으로 기록하며, 책을 읽고 의견을 나누는 모습이 참 아름다웠어.

무엇보다 서로의 숨쉴 공간을 존중해 개인적인 만남이나 취미 생활을 권장하는 모습이 더 든든했지.

그런 너희를 보면서 오창렬 시인의 시 「바람 지날 만한」이 떠올랐단다.

아무리 가까워도 우리 사이, 바람 지날 만한 틈은 있어야겠다.
너와 나의 사이, 사이의 사이로 지나는 바람이
간질간질 사이를 간질여 가꾸리니,
여름 장마엔 습기를 걷어 가고
물기 말리며 가을도 꽃처럼 단풍 들리니

구구절절 고개를 끄덕이게 되지 않니? 개인의 고유 영역을 존중한다는 거지.

그래야 자기만의 방에서 자신을 다시 재생시킬 힘을 충전할 수가 있겠지.

단단해진 자아가 있어야 이해와 공감의 자리도 열리니까.

너는 그것을 잘하더구나. 먼저 이해하고 배려하며 배경이 되어 주려는 모습이 감동이었어.

너희 부부가 솔바람 솔솔 지나다니고 햇살이 놀다 갈 수 있는 관계이면 좋겠어.

이제는 그 너머의 이야기를 하고 싶구나.

너희가 곧 새로운 이름을 얻게 됨을 축하해.

바로 부모라는 이름, 아빠가 되는 것을 축하해.

다가오는 11월 5일, 너의 첫아들, 햇살이가 태어나면 너희 삶의 무게중심이 조금 바뀔 거야.

부부로 서로를 바라보던 시선이 이제는 아이로 향하고,

그만큼 너희 둘 사이의 유대도 방향이 달라지겠지?

그래서 몇 가지 마음을 전하고 싶어.

첫째, 마음의 날씨를 함께 점검하렴.

봄날처럼 맑은 날도 있고, 장마처럼 쏟아지는 날도 있지.

부부란 결국 서로의 기후를 알아가는 여정이란다.

비 오는 날엔 함께 우산을 쓰고, 따가운 태양 아래에서는 그늘을 내어주어야 해.

하루에 단 10분이라도, 서로의 날씨를 점검하면서 행복 찾기를 해 봐. 감사한 일을 3개씩 찾아 감사 일기를 쓰는 것도 좋을 거야.

둘째, 일상을 네잎클로버처럼 모아두렴.

하루하루는 지나가 버리지만, 모아두면 기적이 된단다.

낙엽은 그냥 두면 흩날리지만, 모아 보면 한 계절의 기록이 되지.

아이의 웃음, 함께 끓인 국 한 그릇, 저녁 산책길의 노을 같은 것들을 글이나 사진, 영상으로 담아 두렴.

그렇게 모은 순간들이 세월이 흘러도 너희 곁을 지켜주는 네잎클로버가 될 거야.

셋째, 너희의 별빛을 잃지 마.

육아의 밤은 길고 고요해서, 때로는 외로움이 스며들지.

그럴수록 서로의 마음에 별 하나를 켜야 해.

함께 웃는 저녁, 나란히 걷는 산책길, 함께 바라보는 별.

그 빛이 어두운 시간을 비추며

다시 내일로 향하게 하는 길잡이가 되어 줄 거야.

봄은 다시 오지만, 사랑은 그냥 두면 퇴색되기 쉬워.

서로의 계절을 아끼고 돌보며, 햇살 같은 웃음으로 한 해 한 해를 쌓아가길 바란다.

햇살이와 함께!

을사년 시월 보름날에
노랗게 물든 들판의 풍요와 사랑을 담아

장모가.

(2025년 가을)

You Are My Sunshine, 우리의 햇살
- 노래가 품은 빛, 세상에 오다 -

한때 즐겨 부르다 잊고 있던 노래가 다시 소환되었다. 이 노래는 내가 처음으로 내 목소리를 녹음해 타인에게 들려준 노래다.

"You Are My Sunshine My Only Sunshine~."

딸이 부산으로 떠난 후, 생각보다 그 빈자리의 공허함이 컸다. 그 허전함을 달래기 위해 전북대 평생교육원에서 우쿨렐레를 배웠다. 지금 돌이켜보면 그때 배우길 참 잘했다 싶다. 이 노래를 연주할 수 있게 되었을 때 특히 그러했다.

제일 먼저 들려주고 싶은 사람은 멀리 떨어져 홀로 지내고 있을 딸이었다. 모든 것이 낯설고, 말 설고, 마음 설은 부산에서 거친 억양과 찬바람 속에 고생할 딸을 생각하며 녹음했다. 비록 고음은 올라가지 못했고 감미로운 목소리도 아니었지만, 꿋꿋하게 이겨내길 바라는 엄마의 소망을 담아 보냈다.

 딸은 태어나 처음으로 집이라는 울타리를 떠나 객지 생활을 하던 터라 아주 힘들었다고 한다. 우리 집과는 188.9㎞나 떨어진 곳에서 혼자 식사 준비하랴, 임용 시험을 준비하랴, 너무 버거웠단다. 그때 내가 보내준, 어색하면서도 간절한 마음이 담긴 이 노래가 큰 위로와 힘이 되었다고 했다. 몸은 멀리 떨어져 있어도 엄마의 기운이 자신을 보호하고 있음을, 자신도 엄마에게 햇살 같은 존재임을 자각하면서 고독을 다스릴 수 있었단다.

 그래서 아기가 생기기 전부터 첫손주의 태명을 '햇살'이라 정했단다. 햇살! 햇살! 얼마나 예쁜 언어인가. '햇살'이라고 발음하면 입을 다물기도 전에 입안 가득 빛이 차오르는 느낌이다. 입꼬리가 저절로 올라가고, 눈도 방긋 웃게 된다. 맑은 햇살이라는 이름처럼 밝고 다사로운 아이가 되기를 기대한다. 건강하고 맑고 힘차면서도 부드러운, 그런 아이.

 이제 11월 5일에 햇살이가 우리에게 온다. 햇살 가득 안고 올 아이를 우리는 온 마음과 정성 다해 환영한다.

 요즘 나의 흥얼거림은 온통 이 노래다.

 "You Are My Sunshine My Only Sunshine~"

(2025년 가을)

달빛 자장가

— 세대를 건너는 사랑의 노래 —

달빛이 창가를 타고 내려와 방 안을 은빛으로 물들이면, 세상은 조용히 숨을 고른다. 세상에 처음 오는 생명에게 가장 먼저 들려주는 노래가 있기 때문이다. 그 노래는 악보가 없어도 흐르고, 목소리보다 따뜻한 체온으로 전해진다. 할머니의 가락이 엄마의 품을 거쳐 딸의 품으로, 그리고 손주의 숨결로 이어질 때, 우리는 깨닫는다. 사랑은 이렇게 노래가 되어 세대를 건넌다는 것을.

요즘 나는 자장가를 연습한다. 결혼 4년 차인 딸이 11월 5일 첫아들을 낳는다. 기다리던 손주를 품에 안으면 어떤 기분일까. 그 아이에게 어떤 말을 건넬까. 설렘이 하루하루를 채운다.

한편, 딸이 어렸을 때처럼 잠투정이 심하면 어떻게 재울까,

하는 고민도 생긴다. 그러니 자장가 한 곡쯤은 준비해야겠다는 생각이 들었다. 잠을 청하는 아이의 숨결 위에 얹는 건 단순한 노래가 아니라, 달콤한 수면을 부르는 마술 같은 가락일 테니. 노랫말도 가락도 밝고 포근한 곡을 찾다가, 모차르트의 자장가가 마음에 들어왔다.

"잘 자라 우리 아가, 앞뜰과 뒷동산에 새들도 아가 양도 다들 자는데~"

가락을 흥얼거리면 나도 모르게 마음이 잔잔해지고 미소가 번진다. 이런 노래라면 손자도 쉽게 잠들 것이다. 그러다 문득 나의 유년이 떠올랐다. 나는 어떤 자장가를 들으며 잠들었을까. 언니의 입에서 흘러나온 유행가였을까? 작은아버지가 부는 하모니카 소리였을까, 아니면 감나무 위 까치의 울음? 봉숭아 씨앗이 톡 터지는 소리? 채송화 씨앗이 튀는 소리? 이 모든 소리와 풍경이 나의 자장가였는지도 모른다.

내가 첫아이를 가졌을 때, 엄마에게 물었던 기억이 있다.

"엄마는 우리 재울 때 어떤 자장가를 불러줬우?"

엄마는 웃으며 대답했다.

"그 시절은 바빠서 자장가를 많이 부를 겨를이 없었지."

그러더니 이내 낮은 목소리로 흥얼거렸다.

자장자장 우리 아가 자장자장 우리 아가

자장자장 잘도 잔다 논둑 따라 달이 온다
솔바람이 불어와서 봉숭아꽃 꾸벅꾸벅
시냇물도 잠이 들고 소 울음도 멎었구나
우리 아기 예쁜 꿈에 별빛들이 내려앉네

그때 처음 느꼈다. 엄마의 목소리가 이렇게 따스하고 잔잔하다는 것을. 등을 다독이던 손길은 말보다 강한 노래였다. 세월이 흘러도 그 부드러움은 변하지 않았고, 나는 그렇게 자장가를 배웠다. 지능을 높인다는 말에 혹하여 아이들을 키울 때 슈베르트와 모차르트의 음악을 틀어놓고 재우기도 했지만, 결국 아이를 잠재운 건 내 품에서 흘러나오던 낮은 흥얼거림이었다.

자장자장 우리 아가, 논둑 따라 달이 온다~

엄마표 자장가는 언제나 아이의 마음을 먼저 잠재웠다. 이제 그 노래가 또 한 세대를 건너 딸과 손자에게로 흘러간다. 세상의 자장가는 그렇게 이어진다. 음표보다는 마음으로, 기술보다 체온으로, 한 세대에서 또 한 세대로.

자장가는 단지 잠을 위한 노래가 아니다. 그것은 기억이며 사랑이고, 생애 가장 조용한 기도다. 품에 안긴 아기를 향해 노래하는 일은 마음을 건네는 일이다. 자장가는 세대를 건너 흐르는 사랑의 숨결이며, 조용한 유산이다.

　곧 나는 달빛이 창가에 내리는 밤, 손자를 품에 안고 엄마표 자장가를 부를 것이다. 그 가락 위에 나의 추억과 딸의 사랑을 얹어 노래할 것이다. 그때, 우리는 모두 같은 꿈을 꾸리라. 달빛 아래에서, 사랑은 노래가 되어 우리를 감싸리라.

(2025년 가을)

아름다운 포옹

- 그려. 사랑혀 -

"안아드립니다! 따뜻하게 안아드립니다!"

어느 겨울, 온 가족이 전주 '영화의거리'를 거닐며 크리스마스 기분을 내고 있을 때였다. 남학생 둘이 "따뜻하게 안아드려요."라는 팻말을 들고 서서 소리치고 있었다. 아이들은 깔깔 웃으면서도 쉽게 다가가지 못하고, 호기심 가득한 얼굴로 자리에 못 박힌 듯 서 있었다. 칼바람에 잔뜩 웅크리고 걷던 우리 내외도 어린 학생들의 따뜻한 웃음과 퍼포먼스에 적극적으로 동참하지는 못했다.

여학생들이 달려와 안기며 터뜨리는 웃음소리, 중년 아주머니의 넉넉한 품에 안긴 학생의 소박한 웃음소리, 여기저기서 쏟아지는 웃음소리 속에 내 마음도 잠시 포근해졌다.

그런데 초로의 취객이 다가와 삿대질하며 고함을 쳤다.

"학생들이 할 일 드럽게 없네! 이놈들아, 집에 가서 공부나 해. 이 추위에 공부는 안 하고….."

나는 학생들에게 미안했다. 같은 어른으로 부끄러웠다. 그 순간, 안도현 시인의 시, 「너에게 묻는다」가 떠올랐다.

연탄재 함부로 발로 차지 마라
너는
누구에게 한 번이라도 뜨거운 사람이었느냐.

취객의 귀에 읊어대고 싶었다.

포옹(抱擁)이란 단순히 품에 안는 행위일 뿐 아니라, 남을 너그럽게 품어주는 마음을 뜻한다. 형식적인 포옹일지라도, 자꾸 안아주다 보면 마음도 어느새 보름달처럼 둥글어지지 않을까.

그날 이후 나는 종종 포옹의 의미를 곱씹곤 했는데, 올 한가위에 그 두 가지 의미를 함께 실천하게 되었다. 새벽에 일어나 아침을 준비해 놓고, 온 가족이 안방에 모였다. 허리가 굽은 아버님의 얼굴은 더욱 야위어 보였다. 며칠 전 폐렴으로 고생했으니, 회복이 덜 되어 그런 듯했다. 어머님의 지친 얼굴, 깊게 파인 주름살은 내 가슴을 아프게 파고들었다.

우리는 예년처럼 아버님과 어머님을 중심으로 원을 이루어

추석 예배를 드렸다. 부모님의 건강을 위한 기도, 멀리 떨어져 만날 수 없는 시누이 가족을 위한 기도, 육 남매와 그 자녀들의 건강과 앞날을 위한 기도, 마지막으로 서른일곱 먹은 도련님의 결혼을 위해 기도했다.

그 기도에 어머님은 연신 훌쩍이며 눈물을 훔쳤다. 막둥이를 지극히 아끼시는데 아직 배필이 없으니 얼마나 속이 상할지 생각하니 덩달아 눈물이 나왔다. 그때 아주버님이 제안했다.

"사랑하는 마음을 담아 서로 한 번씩 안아드립시다."

작년 길거리에서 보았던 '안아주세요' 캠페인을 우리 집에서 하게 될 줄이야. 갑작스러운 제안에 모두가 당황했다. 팔순의 아버님은 얼른 자리를 피하려 했지만, 아주버님이 먼저 다가가 힘껏 안아드리고는 모셔 왔다.

"별걸 다 하라 하네."

말씀은 그렇게 했지만, 손자·손녀를 안아주실 때는

"건강해라, 공부 열심히 해라, 부모님 말씀 잘 들어라."

하는 덕담도 잊지 않았다. 웃으시는 얼굴에 주름살마저 풀리는 듯 보였다. 어머님 차례가 되자 아버님은 고개를 돌리며 피하려 했다. 결국 아주버님이 손을 잡아 어머님께 이끌자, 아버님은 어쩔 수 없이 안아드렸다. 얼굴은 외면하고 연신 "허어 참, 허어 참." 하며 헛기침했지만, 그 쑥스러움조차 귀여워 보였다.

며느리 차례에는 손만 내밀어 안는 시늉을 하다가 얼른 나갔다. 그때 우리 세 며느리가 한목소리로 외쳤다.

"아버님, 사랑해요!"

발걸음을 멈춘 아버님은 잠시 주춤거리다 보름달 같은 웃음을 쏘아 올렸다.

"허허허허, 그려. 사랑혀."

그 목소리는 떨렸으나, 그 한마디가 무엇보다 값졌다. 처음으로 입을 열어 표현해 보는 사랑, 엄하고 말씀이 없었던 아버님이었기에 더욱 의미가 있었다.

방에 남아 있던 우리는 한바탕 웃으며 서로를 안아주었다. 훌쩍 커버린 아들과 딸 차례가 되었다. 15세, 키 173cm가 된 아들을 안으려니 나는 고목에 매달린 매미처럼 작아졌다. 예전에는 졸졸 따라다니던 아들이었지만, 이제는 방문을 걸어 잠그는 사춘기 소년이 되어있었다.

"아들, 지금처럼만 순수하고 맑은 영혼으로 살자."

내 말에 아들이 나를 꼭 안아주었다. 마치 찐빵 속 앙금처럼, 따뜻하게 스며드는 순간이었다.

딸과의 포옹은 눈물이 앞섰다. 자립심을 키워야 한다며 냉정하게 대하던 나 자신을 반성했다.

"엄마 마음 알지? 사랑해, 딸."

촉촉이 젖은 눈빛이 서로의 마음을 말해 주었다. 방의 온도는 점점 뜨거워졌다. 온 가족의 체온이 모여 섭씨 '따끈따끈한 온기'로 가득했다.

몇 해 전부터 퍼진 '안아주세요' 캠페인을 그저 젊은이들의 문화쯤으로 여겼다. 그러나 이번 명절에 나눈 포옹은 단순한 이벤트가 아니었다. 잊지 못할 따뜻한 포옹, 온 누리를 감싸는 듯한 넉넉한 포옹, 가을 햇살처럼 잘 익은 포옹이 우리 집안에 꽃물결처럼 퍼졌다.

지금도 아버님의 서툴지만, 보름달 같은 화답이 귀에 선명하다. 이 한마디가 바쁜 일상에서 나를 일으켜 세우는 가장 뜨거운 위로다.

"허허허, 그려. 사랑혀."

(2010년 가을)

하늘거울
－ 하동의 하늘 －

멈춤.

허둥대며 살던 삶에 신호등이 켜졌다. 바람꽃이 피기 시작했으니 잠시 비설거지를 할 때라고 몸이 경고음을 울렸다. 갑작스러운 강제 휴가는 잠깐의 휴식조차 허락하지 못했던 어리석음을 깨닫게 했다. 미래를 걱정하며 오늘을 과부하 걸리게 했던 조바심의 결과다.

여유와 쉼을 얻은 곳은 경남 하동의 솔숲이다. 조선 영조 때 광양만의 해풍과 섬진강의 모래바람을 막기 위해 조성한 숲이라는데, 우람한 소나무가 그 역사를 말해 준다. 하늘을 찌를 듯한 850여 그루의 소나무 숲. 귓가에 내려앉는 솔바람 소리가 푸르다. 향긋한 솔향은 미세먼지로 뒤덮인 폐를 시원하게 씻어 준다. 두 눈이 새벽바람을 만난 듯 말갛게 뜨인다. 더군다나 뜻밖의 선물, '하늘거울'을 만나 설렘을 얻었다.

하늘을 담아낸다고 해서 '하늘거울'이란다. 거울을 눈 아래에 대고 걷는 일은 쉽지 않았다. 발에 힘이 들어가고 허방을 걷는 느낌이어서 자꾸만 비틀거렸다. 발에서 힘을 빼고 천천히 이동하라는 숲 해설사의 말을 듣는 순간, 이태 전에 수영을 배우던 때가 생각났다.

물을 무서워하는 터라 잔뜩 긴장된 나는 물에 뜨는 것도 힘들었다. "힘 빼!"라고 혼내는 소리에 오히려 힘을 싣게 되고 허우적거리기 일쑤였다. 그러던 어느 날 마음이 평온해지면서 몸이 서서히 떠오르고 팔에서도 힘을 빼니 스르르 앞으로 나갈 수 있었다. 잘하려는 욕심을 내려놓는 순간이었다.

이전에는 계단을 오르거나 산책과 운동할 때, 쇼핑할 때도 서두르는 습성이 있었다. 죽마고우를 만날 때조차 친구가 늦게 나오면 내 시간을 도둑맞은 것 같아 불편했다. 어쩌다가 TV를 볼 때면 그 시간이 아까워서 뜨개질이나 다림질, 운동을 하면서 봐야 마음이 놓였다. 그러다 보니 밥 먹는 시간도 즐기는 것이 아니라 숙제하듯 서둘렀다. 여유 없이 나를 긴장 속에 가두어 놓고 살았다. 내일이 오기도 전에 휘청거리며 현재를 멍들게 했던 삶이었다.

하나, 둘, 셋. 심호흡하며 성급한 마음을 가라앉히니 오랜 시간 하늘을 향해 오르던 소나무 가지가 내려와 있고 올려다보기만 해야 했던 하늘도 성큼 다가선다. 가느다란 잎사귀들의 부스럭거림, 하늘의 숨소리까지도 들릴 것 같다.

사물도 이렇게 세심한 눈으로 보면 평소에 놓친 것이 보이는데 하물며 사람은 오죽하랴. 잠깐의 시간이라도 상대에게 마음을 주며 인사할 수 있다면 그의 내면에 가까이 다가갈 수 있을 것이다. 무엇보다 자기와의 만남에 잠깐의 시간을 허락하여 귀 기울인다면 내면에 숨죽여 울던 낙심도 위로받을 수 있지 않을까?

몇 발짝을 더 옮긴다. 나무등치 속으로 내가 빨려 들어가는 느낌에 화들짝 놀라고 나뭇가지에 부딪히는 것 같아서 주춤거린다. 거울 속에 비친 허상이라는 사실을 인식하는 데 잠깐의 시차가 발생한 것이다. 시차를 극복하려면 시간이 필요하다. 적응할 수 있는 잠깐의 시간을 허락한다면 서먹함도 우물거리거나 두려움에 떠는 것도 없어질 것이다. 인생살이에서도 타인에게 마음 문을 열기까지 시간이 필요하듯 그와 나 사이에 교집합을 만들 수 있도록 내어줌의 여유가 있어야 하지 않을까?

하늘거울을 보며 마음을 적시는 소리에 귀를 모았다. 뿌리를 깊이 내리면서 273년간 방풍림의 소임을 다하는 장엄한 속살거림이 들려온다. 나무의 뿌리는 나뭇가지가 커 나가는 형상대로 뻗어나간다고 했다. 어둠 속에서도 불평하지 않고, 지상으로 뻗어 오르는 가지를 위하여 영양분을 뽑어 올리는 뿌리의 밑 작업이 없다면 지상의 웅장함도 보지 못할 것이다.

서두르지 않고, 불평하지 않고, 내면의 속살을 채우기 위해 조용히 종을 울리고 있었을 과정을 생각하니 성공을 위해 질주해 온 내 삶이 가벼워 보였다. 어둠이 있기에 별이 빛나듯 배경이 되어 주는 가족과 이웃, 스승과 친구의 지지와 응원이 있었기에 내가 윤슬의 반짝거림을 간직할 수 있었을 것이다.

송림을 빠져나와 섬진강 곁에 앉아 하늘거울을 눈 아래 댄다. 거울에 매지구름 한 조각이 걸려 있다. 올려다본 하늘은 구름장이 드넓게 펼쳐져 있어 넓은 벌판의 이미지다. 그러나 내려다보는 하늘은 더 가깝게 느껴지며 내가 그 속에 들어가 앉은 골방 같은 느낌이 든다.

나만 앉을 수 있는 곳에 내가 미처 보지 못했고 만지지 못했던 하늘이 선물처럼 안겨 있다. 내가 나를 만나는 곳, 깊이 생각하고 나를 관찰할 수 있는 나만의 골방. 그곳에서 지친 내 영혼을 위하여 행장을 풀어내고 싶다.

무장해제가 된 상태의 휴식은 평온이다. 요가의 한 동작인 사바사나(송장 자세) 의식을 통해 얻을 수 있는 안락함과 같다. 온몸에서 힘을 뺀 후 움직임 없이 생각도 잠재우고 고요에 침잠하다 보면 어느새 잠까지 불러올 수 있는 평안함에 머물게 된다. 잠시 긴장을 해제시킨 후 얻을 수 있는 보상치고는 과분한 것이다.

소나무 가지처럼 내 오십 대의 포물선도 굴곡이 많았다. 직선으로 마냥 달려가지 못하고 뜻밖의 장애물에 막혀 뒷걸음질하고 있지만, 잠시 균형을 잃은 내가 외롭거나 초라하지 않다. 문득 뒤돌아보면 너무 예뻐서 슬픈 노을처럼 나의 중년도 영글어 가고 있겠지. 몸이 말을 안 듣는 것을 탓하지 않으련다. 굽은 나무가 산을 지키고 명품 바이올린을 만들 듯, 내게 온 이 아픔이 나를 지키고 명품으로 만들어 줄 것임을 믿는다. 삶이란 롤러코스터임을 알기에 내려가는 것을 낙심하지 않으련다.

다시, 잠깐 올려다본 하늘에 면사포구름이 유유히 피어나고 있다.

(2018년 가을)

귀여운 그녀들
- 나이, 그저 숫자일 뿐 -

귀여운 그녀 1

"야아아, 야아, 야, 내 나이가 어때서~" 따라 부르는 소리가
경쾌하다.

에어로빅 시간이다. 양손을 펼치고 오른쪽, 왼쪽으로 왔다갔
다하며 아양 떠는 부분도, 떼창을 하는 부분도 그녀들을 웃게
만드는 시간이다. 몸치 · 박치인 내가 춤을 추다니, 스스로 대견
하게 여기며 열심히 배우는 중이다. 그러나 재빠르게 움직이려
애를 쓰는데, 허둥지둥, 반박자가 느리고 왼쪽, 오른쪽 방향 맞
추기가 이렇게 힘들 줄이야.

운동을 하면서 한 번씩 함성을 질러야 할 때가 있다. 소리가

나지 않아 애매하게 앵앵거려진다. 오늘은 톤을 더 높여 질러 본다. 그럼에도 여전히 속삭이듯 내 목소리는 겁을 먹는다. 활달한 그녀가 흥을 돋운다. 나와는 달리 탁 트인 목소리로 시원하게 여음을 넣는 그녀가 고맙고 예쁘다. 그 구령에 따라 집중해 본다. 영차영차 열심히 하던 차에, 느닷없이 찬물이 후루룩 끼얹어진다.

"왜 그렇게 소리를 질러 대? 동작이나 따라 할 생각을 해야지, 왜 짖어대~!"

일흔다섯, 왕언니의 지청구에 우리는 모두 얼음이 되었다. 언니의 심기가 불편한가 보다. 작달막한 키, 입술엔 다홍색 문신, 눈썹도 까맣게 문신으로 그려진 언니. 꾹 다문 입술과 작고 날카로운 눈매 속에 숨겨진 매서움을 보니 아마도 그녀의 마음속에 불편한 일들이 도사리고 있었음이리라.

구령을 넣던 그녀는 큰 눈에 눈물을 담고 꾸역꾸역 동작을 이어 가다가 끝내 나가 버린다. 회장님도, 주변 언니 두 분도 따라 나간다. 다행이다 싶다. 위로해 줄 어깨가 있으니.

다시 에어로빅은 시작되고, 우리는 애써 불편한 그 일을 덮는다. 일흔 넘은 나이로 압도하는 왕언니 신 여사도, 말랑말랑한 감성을 가진 마흔의 그녀도 귀엽게 보인다. 왜일까?

귀여운 그녀 2

탈의실 거울 앞에 입을 옷가지들이 나란히 정렬되어 있다. 제사상에 음식을 차려 올려놓듯이 드라이기와 빗, 갈아입을 속옷세트와 야들야들한 원피스, 덧신까지 한 상 차려져 있다. 나는 그곳을 피해 구석으로 가서 불편한 마음을 정리하며 화장한다. 저것들의 주인님은 누굴까? 당장 사용하지도 않으면서 좁은 화장대를 차지해 놓고 씻으러 들어갔나 보다.

한참 후, 샤워장에서 한 여인이 나온다. 단정하고 칠십을 갓넘겼을 정도의 나이로 보인다. 오랜 세월 책상에 앉아 생활했을 분위기를 풍긴다. 목소리는 아직도 젊어서 낭랑하다. 살금살금 걷는 자태가 아양을 떠는 듯 귀엽다.

그녀는 자신이 차려 놓은 옷가지를 입고 고상하게 화장을 마친 뒤, 차려 놓은 옷상을 치우고 조심스러운 걸음으로 탈의실을 나선다. 그녀가 공유 공간을 독차지한 행동이 조금은 얌체처럼 느껴져도, 그 정리된 고상함이 자기만족처럼 보여서 귀엽다.

모두가 저마다의 방식으로 귀엽다. 에어로빅장에서 소리 높여 흥을 돋우는 그녀도, 그런 흥을 뭉개버리는 왕언니도, 탈의실에서 자기만의 의식을 지켜내는 그녀도. 반쯤은 얄밉고, 반쯤은 사랑스러운 그녀들이다.

살아간다는 건 언제나 그런 모순의 정원이다. 가시를 품은 장미가 더 붉게 피어나듯, 사소한 불편 속에서도 사람은 제 빛깔을 드러낸다. 결국 인생이란, 조금은 불편해도 서로의 귀여움을 핑계 삼아 웃고, 참고, 함께 살아가는 일이 아닐까.

(2023년 봄)

귀니, 그 귀한 이름

– 삶의 귀함을 몸소 보여주신 어머님께 –

　사랑하는 어머님.

　구순의 자리에 앉아 계신 어머님의 얼굴을 뵈니, 마음이 참으로 벅찹니다.

　긴 세월을 돌아보면 그 길이 몹시 험난했음에도, 어머님은 언제나 좌절보다는 전진을 택했지요.

　감사와 기도로 하루하루를 버티시며, 마침내 믿음 안에서 오늘에 이르셨습니다.

　전귀니 어머님.

　어머님의 함자가 '서운'이라는 말을 듣고 의아했습니다.

　예전에는 '애기', '막례', '돌이', '근심이' 같은 이름이 흔했다지만, 막상 어머님의 이름이 '서운'이라니 가슴이 서늘했습니다.

위로 아들 둘을 잃고 태어나서 외할아버지가 그렇게 호적에 올렸다는 이야기를 들었을 때, 그 서러웠던 시절의 어머님을 꼭 안아드리고 싶었습니다.

하지만 집에서는 '귀니'라고 불렸다는 말씀을 들으니 얼마나 다행스럽고 감사한지요.

'귀해서 소중하고 사랑스러운 사람',

그 이름이야말로 어머님의 삶을 가장 아름답게 닮은 이름입니다.

이제부터는 존경과 사랑의 뜻을 담아, 어머님을 '귀니 어머님' 이라 부르겠습니다.

인내의 상징, 귀니 어머님.

어머님의 신혼은 애처로움으로 시작되었습니다.

갓 결혼해 새댁 티도 벗기 전에 아버님은 나라의 부름을 받고 군에 입대했지요. 전쟁의 상흔이 채 가시지 않은 시절, 아버님은 국방의 의무를 다하시며 나라를 지키셨고, 어머님은 시댁 어른을 모시며 삼대독자 집안을 홀로 지켜야 했습니다.

기다림은 길고 막막했을 것입니다.

새벽마다 눈물로 기도했을 그 정성이 결국 아버님을 무사히 집으로 돌아오게 한 힘이 되었지요.

그 후로도 어머님의 삶은 고난의 연속이었습니다.

육 남매를 낳으셨지만, 단 한 번도 아기를 등에 업어보지 못했다고 했습니다.

"젖만 먹이고 곧바로 논밭으로 가야 했어. 네 할매가 젖을 다 주지도 않았는데 뺏어갔어. 어서 가서 일하라고. 등에 아기를 업은 아낙네를 보면 어찌나 부럽던지."

그 고백이 지금도 마음을 아리게 합니다.

논과 밭에서 흙을 일구고, 손바닥이 갈라지고 허리가 굽어도 어머님은 마음껏 쉴 수 없었습니다.

엄하고 가부장적인 시부모님 밑에서 어머님의 자유는 허락되지 않았으니까요.

사랑하는 귀니 어머님!

제가 시집와서 가장 먼저 배운 음식이 콩나물볶음이었습니다.

달궈진 솥에 기름을 두르고, 지지직 소리가 날 때 콩나물을 넣으라던 어머님의 말씀.

부엌 가득 번지는 고소한 냄새에, 어머님의 삶과 지혜가 함께 스며들었습니다.

소박한 음식 속에는 언제나, 삶을 견고히 붙드는 단단한 힘이 숨어 있지요.

어머님의 김장김치 또한 화려한 양념 대신, 시간이 익혀주는 담백한 정직함이 스며 있었지요.

익을수록 깊어지는 그 맛은, 어머님의 인생과 닮았습니다.

병든 아이의 이마를 짚으며 뜬눈으로 밤을 새운 날들,

논밭에서 돌아와 숨 돌릴 틈 없이 밥상을 차리시던 일상,

마음껏 옷을 사 입히거나 맛있는 것을 주지 못해 쓰렸던 마음,

3000원씩 품삯을 받아 허구한날 모아도, 학원비를 채우기에는 역부족이었던 나날.

그러나 어머님은 자식 때문에 힘들었다고 말씀하지 않으셨습니다.

오히려 언제나 웃음으로 자식들을 위했습니다.

제가 삐뚤빼뚤 꿰맨 이불 홑청조차

"처음 치고는 잘했다."

그 한마디 칭찬으로 어설픈 새댁의 마음을 포근히 감싸주던 기억이 납니다.

어머님은 사랑과 기도, 칭찬으로 가정을 세웠습니다.

인생의 여러 고비마다 불안에 흔들릴 때마다,

저는 어머님께 기도를 부탁드리곤 했습니다.

새벽마다 자박자박 걸음을 옮기시며 자식과 손주들을 위해

올리셨던 그 기도 소리가 지금도 들리는 듯합니다

그 기도의 힘으로 저희가 오늘까지 살아올 수 있었음을 고백합니다.

받은 것은 셀 수 없이 많건만, 정작 돌려드린 것은 너무도 적습니다.

걱정 끼치지 않으려 노력했지만, 오히려 근심을 준 날이 더 많았습니다.

그러나 어머님은 원망보다는 언제나 웃음으로 덮고, 사랑으로 품으셨습니다.

그 크신 사랑 앞에서 저는 오늘도 고개 숙입니다.

귀하고 소중하신 어머님.

이제는 근심을 모두 내려놓으시고, 활짝 웃으실 수 있도록 저희가 더욱 힘쓰겠습니다.

어머님에게 허락된 남은 날들이 햇살처럼 다사롭고, 들꽃처럼 고요하길 진심으로 기도드립니다.

육 남매와 손주들, 그리고 며느리와 사위 된 저희 모두는

어머님께서 평생 보여주신 그 사랑과 기도의 마음을 잊지 않고, 정직하고 따뜻하게 살아가겠습니다.

사랑이 많으신 어머님.

구순을 진심으로 축하드립니다.

오늘 저희는 한마음으로 고백합니다.

"어머님, 참 고맙습니다. 그리고 사랑합니다."

평안이 언제나 어머님 곁에 머물기를 진심으로 간구합니다.

(2023년 가을)

꽃을 피운다는 것
─ 한 송이의 세계 ─

　다홍, 노랑, 분홍. 겹겹이 번져 여름을 수놓는다. 온통 무지개가 떴다. 속을 들여다보니, 꽃송이마다 반짝이는 백여 개의 음표가 보인다. 한 송이 안에도 또 다른 작은 꽃들이 오밀조밀 어깨를 맞대고 있다. 안으로 들어갈수록 더 많은 얼굴들이 숨어 있다. 꽃 하나가 아니라, 작은 마을 하나가 그 안에 살고 있다. 하나의 꽃 속에 수만 가지 삶이 깃들어 있다.

　색색의 옷을 입은 백일홍들 사이로 나비들이 분주히 모여든다. 누가 알렸을까. 이토록 큰 꽃이 여기에 있다는 것을. 나침반도 없이 정확히 찾아온다. 유달리 큰 백일홍 꽃잎에, 아기 손바닥만큼 큰 호랑나비가 날아든다. 작은 꽃에는 작은 나비가 격에 맞게 모여든다. 이렇게 백일홍꽃으로 호사를 누릴 수 있는 것은 친구 덕분이다.

몇 년 전, 텃밭이 생겼다는 소식을 들은 친구가 백일홍 씨앗을 가져왔다. 한 시간 넘게 뙤약볕 아래서 손으로 비벼 말렸다며 건네준다.

"지금 심으면 얼어 죽어. 내년 봄에 심어. 체로 친 고운 흙과 씨앗을 반반 섞어서 고루 뿌려. 혼자 떨어져 있으면 못 커. 애들도 모여 있어야 잘 살아."

꽃도 살아가는 방식이 있고, 시기가 있단다.

"언제, 어디에, 어떻게. 이것을 생각해야 해."

꽃을 진심으로 좋아하는 친구는 세세히 알려주었다. 그 후로 백일홍은 해마다 꽃물결을 이루며 우리의 계절을 빛내고 있다.

내게 화려한 여름을 선물한 그녀는 건강보험공단 옥상, 8평 남짓한 공간에도 꽃밭을 만들었다. 남들보다 일찍 출근해서 씨를 뿌리고, 풀을 뽑고, 물을 준다. 누가 하라 한 것도 아니고, 실적이 생기는 일도 아니다. 칭찬을 기대하지도 않고, 보고서에 기재될 일도 없다. 꽃이 있으면 사람들이 쉼을 얻을 수 있을 거라는 기대 하나로 땀을 흘렸다.

그렇게 자력으로 꽃밭을 만들었다. 쉼보다 더 힘든 노동을 선택했지만, 여러 사람에게 위로와 기쁨을 주게 되었다. 그녀는 이제 누군가의 계절 속에서 영원히 피어나는 꽃이 된 것이다.

한번은 그녀가 국화 모종을 한아름 주며 말했다.

"순을 자주 집어줘야 해. 한 가지를 자르고 또 자르면 가지가 배로 불어나서 화분 가득 꽃을 피울 수 있어. 그런데 아무때나 자르면 다 죽어. 때가 있어. 봄부터 장마철까지 해야 해."

나는 친구의 말에 인생의 단면이 담겨 있음을 느꼈다.

지금 우리 사회에는 때를 아는 감각이 사라진 듯하다. 꽃이 피기도 전에 향기가 없다고 재촉하고, 뿌리를 내리기도 전에 성과를 요구한다. 잠시 쉬는 사람에게 왜 멈춰 있냐고 질책하고, 다르게 자라는 이에게 왜 틀렸냐고 힐난한다. 조직은 보고서로, 학교는 시험지로 인격을 판단하며, 사람은 시스템 속 프로젝트로 이름이 붙는다. 개인의 계절은 삭제되고, 모두 똑같은 시기에, 똑같은 방식으로 피기를 강요받는다.

요즘 들어 친구의 말이 자꾸 생각난다.

"혼자 내리 피면 재미없잖아. 그래서 백일홍은 혼자 피지 않아. 어울려 피지. 하나가 지면 또 다른 하나는 피고, 꽃밭은 석달 내내 피어오르는 거야."

모든 생명은 저마다의 계절을 가진다. 자기 자리에서 자신의 시간에 피고, 또 질 줄도 안다. 사람도 마찬가지다. 피어날 때를 기다릴 줄 알아야 하고, 피었으면 질 줄도 알아야 한다. 지금이 '순 지르기를 할 때'인지, '기다릴 때'인지, '피어날 때'인지, '져야 할 때'인지 아는 감각. 그것이 세상을 지탱하는 조용한 지혜다.

여름부터 가을 들머리까지 피어있는 백일홍을 보며 '나의 때'를 가늠해 본다.

(2023년 가을)

두루 보면, 아름다우리라
– 인생이라는 파노라마의 순간들 –

나는 사진 찍는 것을 좋아한다. 사랑하는 사람들의 다양한 표정과 몸짓을 영원으로 묶어둘 수 있는 순간이기 때문이다. 그 순간을 둘러싼 이야기를 저장할 수 있다는 점도, 자연이 주는 신비로움을 간직할 수 있다는 점도 사진이 좋은 이유다. 나를 바라보며 웃는 시선을 가장 아름답게 담을 수 있고, 그 따스함이 내 안에 오래 머무르게 된다.

사진을 찍는 즐거움의 근원은 어릴 적 작은아버지와 둘째 언니에게서 시작되었다. 시외버스가 하루에 한 번 드나드는 시골 외진 곳에서 사진을 찍는 것은 사치였다. 하지만 전주에서 카메라를 빌려 오던 작은아버지와 둘째 언니가 그 호사를 누리게 해 주었다.

그때 나는 상고머리를 단정히 빗고, 짧아진 셔츠를 고쳐 입고 카메라 앞에 섰다. 학교 운동장, 집 마당, 봉황산의 풍경까지, 그 모든 순간이 내 안에서 오래도록 반짝이게 됐다.

지난가을에는 건지산에 갔다. 소설가 최명희의 묘소 주변을 화려하게 수놓은 단풍이 절정의 순간이었다. 아무리 사진에 담아보려 애를 써도 역부족이었다. 그래서 처음으로 파노라마 기법을 쓰기로 했다. 기대 이상이었다. 마법을 부린 듯했다. 360도 모두 찍힌 사진을 보다가 문득 내가 바라보는 세상은 얼마나 넓을까 생각했다.

한 방향만으로 만나게 되는 삶의 단편들, 무엇을 잃고 무엇을 놓쳤을까. 그중에서도 내가 놓친 인연들을 돌이켜본다. 중학교 삼 년 동안 삼총사로 놀던 친구들, 내 마음을 읽어주던 언니들, 젊은 패기로 힘이 되어 준 동생들, 삶을 지탱해 준 학생들과 문우들, 미우나 고우나 내 편인 혈육들. 그들을 온전히 보지 못했던 나를 반성한다.

사진은 단순한 기록이 아니다. 그 순간을 마음으로 담고, 놓친 것을 돌아보게 하고, 관계의 의미와 삶의 넓이를 깨닫게 하는 도구다. 360도로 삶을 들여다보듯, 인간관계와 세상을 전체적으로 조망할 때, 나는 비로소 놓친 부분을 자각하고 개선할 수 있을 것이다.

이 사진 앞에서 나는 다짐한다. 하루씩의 경험과 기억이 쌓일 때, 나의 지혜도 덩달아 풍요로워지고, 지난 서러움도 조금씩 씻겨 나가리라. 두루 보면, 아름다울 것이다. 인생이라는 파노라마에서 작은 순간 하나까지 소중히 담아내며 살아가리라.

(2024년 가을)

섣달그믐날에
- 세밑 풍경 -

 2024년 2월 9일, 섣달그믐날이다. 점 하나를 찍는다. 언제나 진행 중인 내 인생에 점 하나를 찍는다. 미적거리며 망설이고, 해찰하며 뒤돌아보던 내 인생에 완성은 아니지만, 한 걸음이라도 내디뎠음에 일단 점 하나를 찍어본다. 끝점이자 시작점을.

 어렸을 적 나는 멀리 있던 친척들까지 모이는 이날을 마냥 설레며 기다렸다. 달력에 동그라미를 치고, 손가락을 꼽아가며 기다렸다. 엄마가 며칠에 걸쳐 뜨개질한 셔츠와 관촌장에서 사다 준 바지나 양말을 장롱에서 꺼내 펼쳐보고, 입어보고, 신어 보곤 했다. 그리고 다시 곱게 넣어두며 설날 아침을 애타게 기다렸다.

 드디어 맞이한 설날은 잔칫날이었다. 친척들도 많고, 시루떡을 비롯해 부침개, 약과, 유과, 알밤 등 먹을거리가 풍성했으니, 더없이 배부르고 등 따뜻한 설날이었다.

성장한 후, 섣달그믐날의 풍경은 결혼 전과 후로 달라진다. 대가족이었던 친정에서의 그믐날은 자정 너머까지 부엌을 떠날 수 없었다. 엄마는 불린 쌀을 절구통에 넣고 절굿공이질을 했고, 나는 빻아진 쌀을 체로 치는 일을 거들었다. 다행히 떡방앗간이 생긴 뒤로는 시간을 조금 절약할 수 있었다. 떡쌀을 맡겨 놓고 돌아와 배추전, 고구마전, 홍어전, 명태전, 육전 등을 부쳤다. 고사리, 토란대, 애호박 등 묵나물과 홍합탕 준비까지 마치면 자정을 훌쩍 넘기곤 했다.

설날 당일에도 차례가 끝나면 섬겨야 할 친척들도 많았고 할머니께 세배드리러 오는 손님들도 많아 끊임없이 다과상을 차려야 했다. 친구들이 봉황산에 올라 야호, 야호, 함성을 지르며 깔깔거리던 때에도 나는 함께할 수 없었다. 친구들이 이 집 저집 세배를 다니며 받은 백산, 유과, 사탕 등을 양지바른 창고 앞마당에 모여 나눠 먹을 때, 그 모습이 왜 그리 부럽던지. 무남독녀인 친구와 처지가 바뀌는 꿈을 꾸기도 했다.

결혼 후 시댁으로 옮겨와 좋은 점은 식구가 단출하다는 것이다. 아버님이 삼대독자셨기에 찾아오는 친척이 없다. 노인정에서 동네 어르신들께 한꺼번에 세배를 드렸기에 집으로 오는 손님도 없다. 마음에 쓸쓸한 바람이 불었으나 설날에도 맞이할 손님이 없다는 사실이 그렇게 가볍고 개운할 수가 없었다.

하지만 곁님은 처가에서의 설날 풍경이 더 좋다고 한다. 본가에서는 명절을 외롭게 보내다가 처가에 오니 종일 친척들과 담소를 나눌 수 있어서 흥겹다고 한다. 윗방에서는 아이들이 윷놀이를 하고, 아랫방에서는 어른들이 화투를 치며 술잔을 기울이는 풍경이 다정하다는 것이다. 옆에서 종일 떡국을 끓이고 다과를 준비해야 하는 수고를 모르는 것이다.

시댁에서는 설날 음식조차 간단했다. 제사를 드리지 않으니 먹지도 않을 음식을 만들 필요가 없다. 우리가 먹을 음식들, 떡국을 기본으로 찌개나 찜, 도라지·더덕구이, 시금치·콩나물무침, 부침개 정도로 준비하면 끝이다. 음식 준비가 빠르게 끝나면 여유 시간이 생기고, 우리는 문화생활을 즐길 수도 있다.

오늘도 일을 마친 우리는 진안 읍내의 영화관으로 향했다. 김용균 감독의 영화 「소풍」을 보기 위해서다. 제목을 접한 순간, "아름다운 세상, 소풍 끝내는 날 가서 아름다웠더라고 말하리라."고 읊었던 천상병 시인의 시가 떠올랐다. 아흔둘인 어머니의 마음이 다칠까 염려되었다.

「소풍」은 파킨슨병을 앓는 은심(나문희 분)과 골다공증으로 아픈 금순(김영옥 분)을 통해 현대 사회의 노인 문제, 가족 문제를 다룬 영화다. 가족의 요구와 삶의 무게 속에 지쳐가다 마지막으로 소풍을 떠나는 여정을 그린다. 작품은 노년의 질병과

죽음, 가족과의 갈등, 그리고 인간답게 삶을 마무리하고자 하는 소망을 잔잔하면서도 먹먹하게 담아냈다.

무엇보다 '마지막 순간을 어떻게 장식할 것인가?'라는 질문을 던지며 숙제를 남긴다. 모든 것 다 주고 병만 남은 엄마들, 너무 잘해주어 더 나약해진 자식들, 병을 안고 살면서도 내색하지 않던 아버지, 절친과 함께 삶을 정리하려고 마지막 소풍을 떠나는 두 여자, 다리와 허리가 아픈 그녀들, 덜덜 떨리는 손으로 막대에 의지해 절벽에 선 그녀들.

남의 일이 아니다. 어머니의 여생은 어떻게 할 것인가. 내 인생 끝나는 날, 나는 또 어찌할 것인가. 돌아오는 길 마이산의 우뚝 솟은 봉우리가 더없이 외로워 보였다. 어머니와 함께 본 영화여서 더욱 무거운 소풍이 되었던 우리는 전환점이 필요했다.

풍경 좋은 찻집에 들러 달콤한 차를 마시며 2024년의 끝점을 찍었다. 그리고 내일, 맑은 태양으로 시작점을 찍을 우리를 위하여 건배했다.

삶은 크고 작은 점들의 연속이다. 그 점들이 모여 선이 되고, 선들이 모여 그림이 된다. 그 그림이 완성될 때, 우리는 비로소 내 인생을 본다. 중요한 것은 끝점이 아니다. 그 끝점을 찍기까지 이어진 수많은 작은 점들이다. 그 점들이 제자리에 찍힐 때, 끝점 또한 스스로 제자리를 찾아 아름답게 빛날 것이다. 그렇게 우리는 점과 점 사이에서 삶의 의미를 완성해 간다.

갑진년이 종점을 찍는다. 섣달그믐날이면 온 가족이 모여 시원한 무를 베어 물며 "무탈하다, 무탈하다." 하던 선조들의 의식을 실천해야겠다. 우리 양가의 가족들, 그리고 우리와 인연으로 이어진 모든 이들의 무사 안녕을 빈다.

새해에도 이 무탈의 마음으로 하루하루를 살아가리라.

(2024년 겨울)

나의 온 생애를 걸어
− 나의 생, 나의 선택 −

　을사년도 벌써 이월 중순으로 들어섰다. 나라가 어수선하니 손에 일이 잡히지 않는다. 어이없는 비상계엄령 선포와 해제, 그리고 탄핵으로 작년 마무리도 흐지부지했고, 올해 시작도 뚜렷한 목표 없이 흘러가고 있다. 이 나라는 어디로 흘러가고 있을까. 모순투성이인 상황에서 나는 내 생을 어디에 걸어야 할까? 내 인생에 집중하고 있는가? 고민하던 중에 내 안을 깊이 들여다보게 하는 문장을 만났다.

　"그래, 이렇게 살아서는 안 돼! 내 인생에 나의 온 생애를 걸어야 해. 꼭 그래야만 해!" (양귀자의 소설 『모순』 중)

이와 비슷한 생각을 주는 문장이 최명희의 『혼불』에도 있다.

"여그다 너를 걸어야 히여. 가문 좋고 문벌 존 사람은 거그다 저를 걸고, 재산이 많은 사람은 또 거그다 저를 거는디, 이도 저도 아무것도 없는 너는, 여그다 이 단초 한 개에다 너를 걸어야 히여. 무신 교옹장헌 넘의 껏, 체다보도 말어라, 넘의 껏은 암만 좋아도 다 쇠용없는 일잉게로. 니 꺼이나 놓치지 말어."

시어머니가 빨강 앵두 단추를 들이밀며 며느리에게 당부하는 장면이다. 보잘것없어 보이는 직업이나 사소한 일도, 그것이 내 일이 되었다면 최선을 다하라는 가르침이다. 단추 하나가 보잘것없어도 때론 적재적소에 쓰인다면 역할이 크다는 가르침이다.

나는 이 부분을 '단추철학'이라 부르며 수시로 꺼내 들여다본다. 혼란의 시대일수록, 자신을 걸어야 할 단추를 더 단단히 채워야 한다. 나는 오늘도 내 단추 하나를 매만지며, 나의 생을 다시 매단다. 그 단추는 내 삶의 중심을 잃을 때마다 나를 되돌리는 장치가 될 수 있다.

나는 호기심이 많아 여기저기 기웃거렸다. 악기, 운동, 그림, 글씨, 뜨개질, 재봉까지 손을 댔다. 어느 것 한 가지 끝을 보지 못하고 또 다른 것에 관심을 두는 나를 돌아본다. 욕심임을 깨닫는다. 본연의 것이 튼실해진 뒤, 그다음 부캐를 채워야 한다. 이제 남은 반생은 나를 위해 나의 온 생애를 걸어야겠다.

먼저 "인간은 각자가 해석한 만큼의 생을 살아낸다."라고 했으니, 나의 해석력을 높여서 나도 높아질 것이다. 삶은 같은 풍경을 내보이지만, 그 속내를 어떻게 읽어내느냐에 따라 전혀 다른 얼굴을 드러낸다. 누군가는 비를 원망하지만, 또 다른 누군가는 그 빗속에서 생명의 숨결을 본다. 해석력은 바로 그 차이를 만드는 힘이고 그것은 세상을 다르게 보는 눈에서 자란다.

나는 요즘 그 힘을 키우려고 애쓴다. 책을 읽을 때 문장 사이의 여백을 음미하고, 단어 하나에도 오래 머물면서 진짜 맛을 음미하는 중이다. 사람을 만날 때 상대의 말에 숨어 있는 마음의 온도를 느껴보려 애를 쓴다.

내 인생에 나의 온 생애를 걸라는 작가의 말에 공감하며, 나는 내 안의 갈등을 잠재운다. 결국 삶의 깊이는 해석의 깊이만큼 자라나고, 해석의 넓이는 사랑의 크기만큼 확장된다. 내가 세상을 따뜻하게 읽어낼 수 있다면, 그만큼 내 삶 또한 따뜻해질 것이다. 오늘도 나는 내 단추를 한 번 더 채워본다. 나의 해석력이, 나의 삶을 단단히 묶어주기를 바라며.

(2025년 겨울)

인생은 가지치기
– 성장의 비밀 –

가을의 끝자락이다. 골짜기를 훑고 내려온 바람이 벌써 얼음 냄새를 풍긴다. 곁님은 그 바람을 맞으며 블루베리 나뭇가지를 치고 있다. 무릎을 꿇은 그의 손끝에는 신중함이 묻어 있다. 가지를 이리저리 어루만지며 잘라낼 자리를 찾는다. 이따금 콧물을 훌쩍이면서도 일손을 놓지 않는다. 아기들이 한잠 자고 나면 훌쩍 크듯, 누에가 한잠 자고 나면 허물을 벗고 탈바꿈하듯, 이 묘목도 겨울잠을 잘 자야 훌쩍 자란단다.

블루베리를 처음 심은 해에는 아깝고 안쓰러워서 차마 가지를 자르지 못했다. 보글보글 피어난 꽃송이들도 따내기가 아련해 그냥 두었다. 결국 첫해 농사는 실패했다. 너무 잔가지를 많이 남겨서 영양분이 흩어져 열매가 튼실하지 못했단다. 그 실패를 통해 '성장의 진리'를 깨닫고 난 뒤로는 매몰차게 잘라낸다. 전지가위를 든 그의 눈빛에는 결의가 서려 있다. 잘라내야 할 부분을 찾아 적기에 정확히 자르려는 눈이다. 확실히 그렇게 관리한 해부터 블루베리 열매는 큼직하고 단단하며 달콤해졌다.

가지치기의 중요성을 체험하며 내 인생에도 잘라내야 할 잔가지들이 많다는 것을 실감했다. 늦기 전에 정리할 것들이 많다. 하루에 서너 잔 마시는 달달한 커피부터 줄이자. 새벽에야 잠이 드는 고질병도 고쳐야겠다. 빵이나 떡에 치우친 입맛도 바로잡아야 한다. 하나에 집중하지 못하고 자꾸만 새로운 것에 마음을 빼앗기는 호기심도 다스려야겠다. 오늘부터는 오지랖도 조금 접어두자. 내 마음 한쪽을 비우면 세상살이도 조금은 편안해질 것이다. 이것이 내 가지치기, 내 성장의 시작이다.

곁님이 정성껏 키운 블루베리는 이제 열다섯 해를 맞았다. 해마다 열매는 더 달고 단단하게 여문다. 입소문이 퍼져 단골이 늘고, 물량이 모자라 예약 판매를 할 정도이다. 농작물은 농부의 발걸음 소리를 듣고 자란다더니, 맞다. 우리 블루베리 역시 곁님의 숨소리와 손끝에서 자라는 듯하다.

블루베리는 한여름 땡볕 아래에서 하나하나 받들어 모시면서 따야 한다. 포도송이 따내듯 수확할 수만 있다면 오죽 편할까? 이것은 익은 알만 살포시 따야 한다. 그러니 투박한 곁님 손보다는 그래도 작고 보드라운 내 손이 일손이 된다. 이런 연유로

수확은 오롯이 내 담당이 되어버렸다. 유월 하순 뙤약볕에서 따야 맛이 좋다나. 수확할 때의 위로는 단 한 가지, 마음껏 먹을 수 있다는 것이다. 입 안에서 블루베리가 톡 터지는 순간, 달콤새콤한 향기가 머리를 환하게 한다.

나는 곁님에게도 한 알 먹어 보라 권한다. 하지만 그는 수확하면서도 맛을 보지 않는다. 어쩌다 내 성화에 못 이겨 먹을 때면 가장 못난 열매를 골라 먹는다.

"상품은 선물용이고, 판매용이야."

그의 말에 한 주먹씩 집어 먹던 내 볼이 붉어진다.

곁님은 자신이 정성껏 키운 것들에 유독 애정이 깊다. 키웠던 닭은 단 한 마리도 잡지 못하고, 지인에게 줄 때도 데려가는 과정을 외면한다. 그래서일까? 열다섯 해 동안, 강아지를 키우자는 내 제안에 고개를 젓는다.

"농막에서 혼자 있는 시간이 많아서 외로워. 그건 강아지에게 몹쓸 짓이야."

멧돼지가 고구마 농사를 망치고, 지렁이를 잡아먹느라 파밭을 헤집어도 그는 전기 울타리를 치지 않는다.

"나 좋자고 동물에게 피해를 줄 순 없잖아."

가지를 치고, 꽃송이를 따내며 냉철했던 그의 손끝에서 사랑이 자란다. 닭이나 강아지도 그는 가지치기를 적용하여 이기적인 욕심을 물리친다.

이른봄에 가지를 치고 꽃이 피면 솎아내며, 여름이면 땡볕 속에서 열매를 따고, 늦가을이면 다시 가지를 치는 그 시간 속에 정성이 깃든다. 가지치기가 있어야 꽃이 좋고 열매도 실하듯, 인생도 필요 없는 것들을 잘라낼 때 비로소 본연의 모습을 찾을 수 있다.

곁님은 말한다.

"봄에 피는 꽃 중에 블루베리꽃이 제일 예뻐, 단풍 중에도 이 나무가 최고야."

사람도 그럴 것이다. 내가 곁을 내주고 자주 생각하며 정성을 기울이면, 없던 정도 새록새록 생겨날 것이다.

인생은 결국 가지치기의 예술이다. 잘라낼 용기만큼, 다시 피어날 힘도 자랄 것이다. 오늘도 나는 내 삶의 잔가지를 하나하나 손끝으로 어루만지며, 필요 없는 것을 떨쳐내고, 꼭 필요한 것에 마음을 쏟겠다고 다짐한다.

이제 내 안의 열매가 더 단단히 여물어 갈 것이다.

(2025년 가을)

우리들의 작은 천국
- 삶을 가꾸는 공동체 -

　나는 삼십 년 세월을 함께한, 나의 젊음을 기억하는, 콩닥거리던 아들의 숨결을 간직한, 줄넘기 천 번을 하던 딸의 소원을 품은, 우리 아파트가 좋다. 오래된 우리 아파트를 떠나지 못하는 이유 중 하나는 앞 도랑이다. 새벽이나 늦은 밤에도 도랑을 따라 산책하기 좋다. 차량이 없는 그곳은 양옆으로 온통 꽃밭인 구간도 있고, 부추나 상추, 아욱, 호박, 옥수수 등을 심어 놓은 구간도 있어 구경하는 재미가 쏠쏠하다. 특히 우리 집 창문 너머로 보이는 꽃길은 정성이 가득 담긴 길이라 더욱 정감이 간다.

　이른봄, 산수유꽃이 피기 시작하면 앞다투어 개나리와 매화, 목련, 꽃잔디 등이 피어나고, 유채꽃이 모래톱까지 내려가 온통 노란 꽃밭을 펼쳐놓으며 봄을 무르익게 한다. 이어 금계국이 봄날의 저녁까지 황홀하게 불을 밝히고, 인디언천국, 우단동자, 찔레장미, 나비바늘꽃, 수국, 코스모스 등이 계절을 따라 피고 진다.

이런 호사를 누릴 수 있는 것은 근처 교회의 목사님과 사모님이 살뜰히 가꾸는 덕분이다. 이른봄부터 씨를 뿌리고 가지를 치며, 풀을 뽑는다. 여름날 언덕배기에 엎드려 풀을 뽑고, 가랑비 내리는 날에도 코스모스 모종을 심는다. 겨울에도 풀들을 뽑고 정비하느라 여념이 없다. 두 분의 열정과 헌신이 인근 주민들에게 건강한 삶을 선사하는 셈이다.

또 이곳이 좋은 이유가 있다. 논밭을 구경하며 칠 분 정도만 더 걸어가면 '평안숲'이라는 황토 맨발 걷기 장소가 나온다. 예전에는 아는 사람만 한 번씩 산책하던 작은 동산에 불과했지만, 몇 해 전부터 한 장로님이 그 길을 정비하기 시작했다. 매일 삽과 곡괭이를 들고 좁은 길을 넓히고, 숲속의 죽은 나무와 풀을 정리했으며, 메리골드와 허브를 심어 뱀이 나오는 것을 막아냈다. 땅을 일구어 부추, 상추, 감자, 고추, 가지, 고구마 등을 심고 가꾸었다. 그곳을 찾는 환우들에게 신선한 것을 제공하기 위해서다. 지금은 신청자를 받아 함께 기르고 거두어들이는 공동체로 성장하여 활발히 운영되고 있다.

그곳에 가면 때때로 증편이나 옥수수, 감자, 고구마 등을 나누고, 처음 보는 사람일지라도 산책하다 만나면 모두가 언니 동생이 된다. 아흔 살 어르신부터 대여섯 살 어린이까지, 공기를 즐기며 숲속 체험활동을 하는 공간도 있다. 수시로 소독약을 뿌리고 길을 정비하는 사람, 떨어진 밤송이나 낙엽을 쓸어내는 사람, 돌부리를 캐내고 드러난 소나무 뿌리를 황토로 덮는 자원봉사자들도 만날 수 있다.

솔향을 맡으며 황톳길을 맨발로 걸으면 눈이 맑아지고, 머리도 상쾌해진다. 이제는 전국적으로 유명한 맨발 걷기 길이 되었다. 이런 호사를 마다하고 이사 갈 용기가 없다.

또 하나 빼놓을 수 없는 것은 근거리에 삼천이 있어 가볍게 산책하기 좋다는 점이다. 흐르는 물줄기를 거슬러 올라 신평교를 지나면 반딧불이도 볼 수 있는 청정지역이다. 갈퀴나물, 풍년초, 수선화, 마타리 등 여러 식물과 아까시나무, 황칠나무, 싸리나무, 느티나무가 있다. 특히 봄에는 벚꽃이 터널을 이루어서 장관을 이룬다. 그 길을 걷노라면 저절로 노래가 나올 정도다.

친자연적인 환경에 있는 우리 아파트는 1,580세대 대단지지만 조용한 편이고 목가적이다. 연륜을 느낄 수 있는 나무가 많다. 쭉쭉 뻗은 삼나무가 아파트에 기대어 있고 감나무, 대추나무, 벚나무, 왕벚나무, 느티나무가 주변 환경과 어울리게 자라고 있다.

사계절을 만끽할 수 있는 놀이터에서 자유롭게 노는 아이들의 소리와 단지 내에서 산책하는 어르신들의 느린 발걸음 소리가 조화를 이루는 곳이다. 까치, 직박구리, 멧비둘기 소리와 매미, 귀뚜라미 소리가 살아 있고, 개구리 울음소리도 자유롭게 넘나드는 곳이다. 차단기가 없어 출입이 자유롭고, 그래서 닫힌 마음과 다친 마음이 없는 아파트다.

사계절이 스며든 길 위에서, 삶의 온기와 사랑이 발걸음마다 피어나는 곳에서, 나는 생각한다. 진정한 천국은 멀리 있는 것이 아니라, 서로의 숨결과 손길 속에서 만들어진다는 것을. 아파트 앞 도랑을 따라 걷는 발걸음마다, 꽃잎과 풀잎, 새들의 지저귐과 아이들의 웃음소리가 섞여 내 마음에도 작은 파문을 일으킨다.

흘러가는 시간이 얼마나 소중한지, 오늘 내가 밟는 길이 내일의 추억이 됨을 깨닫는다. 천국은 완벽한 공간이나 먼 미래에만 있는 것이 아니라, 서로를 생각하고 돌보며, 작은 정성과 마음을 쏟는 순간, 이곳에도 이루어질 수 있다는 것을 느낀다.

집 앞의 길과 숲, 냇물과 꽃길이 내 삶의 거울이 된다. 발걸음을 옮길 때마다, 삶의 아름다움과 사람 사이의 온기를 느끼고, 내 마음에도 작은 천국이 자리 잡는다. 그래서 나는 오늘도, 이 아파트와 그 길 위에서 숨결과 손길이 만든 작은 천국을 느끼며 하루를 누린다.

(2025년 여름)

오월은 그리움을 몰고 다닌다

주말농장을 시작하며 가장 먼저 한 일은 함박꽃을 심는 일이었다. 곁님은 먹을 수 있는 곡식이나 채소를 심자고, 꽃이 좋다면 차라리 꽃나무를 들이자며 성화를 했지만, 나는 함박꽃부터 심었다. 함박꽃의 뿌리는 새끼손가락보다도 가늘었다. 그럼에도 그 가느다란 뿌리 하나에서 여러 송이의 꽃이 차례로 올라올 것임을 나는 알기에 곁님의 지청구를 물리치고 꽃밭 가득 함박꽃으로 채웠다.

꽃을 좋아하는 사람은 꽃을 꺾어 소유하려 하고, 꽃을 사랑하는 사람은 꽃에 물을 준다고 했다. 어릴 적의 나는 분명 꽃을 '좋아하는' 아이였다. 나는 자주 꽃을 꺾어 화병에 꽂아 선생님 책상 위에 올려놓곤 했다. 그 작은 기쁨을 누리려면 이른 새벽, 아버지가 일어나시기 전에 살금살금 뒤뜰로 가야 했다. 이슬이 흥건한 함박꽃을 살짝 흔들어 깨운 뒤, 학교로 가자고 속삭인다. 그때의 두근거림과 환희는 오월마다 나에게 찾아오곤 한다.

하나, 둘, 셋에서 멈추어야지 다짐하면서도 하나만 더, 또 하나만 더, 마지막으로 딱 하나만 더를 되뇌다 보면 어느새 한아름이 된다. 앞가슴이 다 젖도록 꽃을 품에 안아 담장 위에 숨겨 둔다. 아버지의 시선을 피하려 아침밥은 먹는 둥 마는 둥, 일찍 가야 한다는 핑계를 대고 일어선다. 그렇게 꽃을 몰래 안고 도망치듯 집을 나섰다. 혼날까 두려워서가 아니라, 아버지가 아끼던 것을 꺾었다는 사실이 마음에 걸렸기 때문이다.

훗날 함박꽃 앞에서 사진을 찍다 말고, 나는 내 어릴 적의 작은 범죄를 자백했다.

"아버지, 중학교 다닐 때 아버지가 아끼던 꽃을 사흘에 한 번 꼴로 꺾어 갔었어요. 죄송해요."

아버지는 허허 웃으시며 이미 다 알고 있었다고 하셨다. 잠 많던 내가 이른 새벽부터 일어나면 '오늘은 꽃을 도둑맞는 날이구나.' 하고 짐작하셨노라고. 왕눈이 눈동자가 흔들리는 모습이 귀여워 그저 지켜보고만 계셨노라고.

내 기억의 울안에서 함박꽃은 언제나 허허 웃으시던 아버지

를 불러오는 꽃이다. 그래서 5월은, 내게 늘 그리움으로 피어
나는 달이다.

이진숙 수필집

나는 오늘도 괜찮다

인쇄 2025년 12월 19일
발행 2025년 12월 24일

지은이 이진숙
발행인 서정환
펴낸곳 수필과비평사
주 소 서울시 종로구 삼일대로 32길 36(운현신화타워) 305호
전 화 (02) 3675-3885, (063) 275-4000
팩 스 (063) 274-3131
이메일 essay321@hanmail.net
출판등록 제300-2013-133호
인쇄 · 제본 신아출판사

ISBN 979-11-5933-618-8 03810
값 15,000원

Printed in KOREA

*이 책은 전라북도 문화관광재단 2025 지역문화예술육성지원사업에 선정되어
 보조금을 지원을 받아 발간되었습니다.